TOブックス

目次

イラスト　さくらしおり
デザイン　長谷川有香（ムシカゴグラフィクス）

登場人物紹介

フィル

クレアの２つ違いの義弟。王族傍系の生まれだが、不遇の幼少期を送った後にリアレス公爵家の養子となった。前の時間軸ではクレアを「夜の魔女」として処刑したが、今世では姉クレアに溺愛され、戸惑いつつも順調にシスコンになっている。内気で、読書好き。

クレア

本作の主人公。リアレス公爵家の一人娘。聖女シアに王太子の愛を奪われて暴走し、17歳で義弟フィルの手で処刑されたが、なぜか12歳へと時間を逆行することに。今世では、フィルを溺愛して破滅を回避する予定。預言の書によると、クレアは破滅を呼ぶ「夜の魔女」らしいが……？

シア

前の時間軸では聖女と呼ばれており、クレアとは親友だったが、王太子の愛を得たことでクレアと対立した。今世ではリアレス公爵家の養女になり、なぜかクレアを慕っている。前の時間軸の記憶を持っているようだが……？

アルフォンソ

カロリスタ王国の第一王子。クレアの婚約者。クレアを聖女と信じ、失うことを恐れたがゆえに王城へ監禁した。前の時間軸ではシアと結婚しようとしたが、今世ではクレアに惹かれ始めている。

レオン

男爵家の子息で、クレアの従者。クレアの１歳下。前の時間軸ではクレアとは険悪な間柄だった。今世では、喧嘩はするもののクレアを助けてくれる存在。

アリス

貧乏な男爵家出身のリアレス公爵家のメイド。クレアの姉のような存在。前の時間軸では、フィルを助けようとして事故死した。今世では、クレアとフィルの両方を可愛がっている。

第五章

弟との学園生活！

Ⅰ　ふたたび幼い弟がやってくる

ここは王立学園。王都にある、国内最大の中等教育機関。

学園の中央にそびえ立つ時計塔のてっぺんから、わたしは学園を見回した。

広々としているなあ、と思う。一学年四百人の生徒が六学年。これほど大きな学園は、大陸を見回しても珍しいはずだ。

全寮制だから、休日の朝の今も、多くの生徒が校庭や校舎を歩いている。

貴族と上流階級の子弟の多くは、ここに通うことに憧れ、そして、試験に合格した者だけが入学を許される。

……そして、ここはわたしが破滅した場所だ。

今のわたしは十三歳。学園の二年生になったばかりだ。わたしが破滅したのは学園の五年生、十七歳のときだから、あと四年の時間がある。

前回の人生において、わたしは王太子アルフォンソ殿下に婚約を破棄され、弟のフィルに処刑された。

それもこれも、自分よりはるかに優れた聖女シアに嫉妬し、彼女を殺そうとしたからだ。

そして、十二歳からやり直したわたしは、無事に春を迎え、学園に二度目の入学を果たし、一年が経ったわけだ。

今回、わたしは弟のフィルを次期公爵とする儀式にも成功し、さらに王宮に監禁されるなんていう事件も乗り切った。

シアはなぜかわたしの義理の妹になっていて、いまのところ脅威じゃない。

そして、王太子とシアはわたしと同い年なので、一緒に学園に入学した。二人とも、前回と違って、嬉しいことにわたしの味方だった。

すべては順調と思っていたけれど……。

「く、クレア様！　今日はわたしと王都のグローブ劇場へ劇を見に行きましょう！」

「いや、クレアはフットボールの試合の観戦を僕と行くんだ！」

目の前でにらみ合っているのは……未来の聖女シアと、王太子のアルフォンソ殿下だった。

わたしは冷や汗をかいて、二人を見つめる。

ふたりとも、誰もが認める美少女と美少年だ。王太子は当然偉いし、シアだってそのうち聖女になる。

そんな二人が言い争っている理由は……わたしとお出かけする権利をめぐって、らしい。

しかも、一人で時計塔に来たわたしを追いかけてまで……。

こ、困ったなあ、と思う。

前回の人生なら、王太子がシアに告白して、わたしはむしろ二人の障害だったのに……。

ちなみに、この学園にはブレザーの標準服はあるものの、基本的に服装は自由だ。なので、シアは白いドレスを身にまとい、王太子は王族専用の豪華な赤いマントを身に付けているという感じで、普段どおりだ。

二人は言い合いを続けていて、シアはひしっとわたしの腕を、大事なものでも抱きかかえるかのようにつかむ。

「今日は宮内大臣一座の大人気公演なんです！　きっとクレア様も楽しんでくださいます」

「……そんなふうにクレアの腕をつかむなんてずるいぞ、シア」

「でしたら、殿下もクレア様と手をつないでみたらいかがですか？」

挑発するように、シアは言う。どういうわけか、今回の人生のシアは王太子やフィルに対して敵意を持っているようで……それが今も発揮されている。

王太子にそんな態度で大丈夫なんだろうか、と思うけど、あまり王太子は気にしていないみたいだった。

むしろ気になるのは……シアがわたしと腕を組んでいることらしい。

王太子は顔を赤くして、「僕がクレアと手をつなぐ……」とうろたえたようにつぶやいた。

二人には悪いけれど……今日、わたしには外せない用事があるのだ。

わたしは単眼鏡を取り出して、学園の正門の方を見つめた。

シアは不思議そうにわたしを見る。どうして単眼鏡なんて取り出すのか、と思っているんだと思う。

でも、わたしには見たいものがあるのだ。

……そろそろ、のはずだけれど。

「く、クレア……その手を……」

王太子が言いかけたそのとき……。

わたしの叫び声に、シアと王太子がびくっと震える。どうしたんだ？　という顔だったけど、でも、そんなこと気にしていられない。

「来た！」

学園の正門の向こうには、簡単なものだけれど、飛空艇用の港が設けられている。

飛空艇は、赤い飛空石を消費して空を飛ぶ夢の機械で、わたしの大好きな乗物だ。

その港に一隻の巨大な飛空艇がゆっくりと着地した。多くの動力機関が取り付けられた、旅客用の飛空艇だ。

その気になれば、数十人の人を乗せることもできると思うけど、でも、きっと乗客は一人だけだ。

茶色の美しい船体には、黄金の獅子の紋章があしらわれている。

その飛空艇からとっても小柄な、そして可愛らしい少年が降り立つのを、わたしは見つけた。

そう。彼こそが、わたしにとってこの世でいちばん大事な弟、フィルだった。

「ええと、クレア様は、フィル様を遠目から一目見るために、この時計塔に登ったんですか？」

戸惑ったようなシアの問いに、わたしはうなずいた。

「そのとおり」

なにか不思議なことがあるだろうか？

「でも、それだったら、普通に出迎えに行けばいいのではないでしょうか？」

「飛空艇から降り立ったら、いろいろ面倒な手続きがあるもの。すぐにはわたしも会えないでしょう？」

王立学園は王都の外れにあり、外部との接触が絶たれている。

これは警備上の都合だ。上は王太子から下は大商人の娘まで、要人の子女が集まるこの学園に、不審者が侵入すれば大変なことになる。

そのため、王立学園の門を初めてくぐるのは、それだけで一仕事だ。検査と手続きとで、二時間は拘束される。

一度入学してしまえば、比較的王都との行き来は自由になるのだけれど、最初はそうもいかない。

そして、わたしが飛空艇の発着陸をする港まで出向いて、フィルが見られる位置まで行くのも難しい。

王都へ行く道とは違って、飛空艇の港は、安全上、厳重に警備されていて、用がなければ入れない。

ということで時計塔に登って、フィルを遠目から見ることにしたのだ。

幸い、単眼鏡の向こうに見えるフィルは、元気そうで、その白い頬を紅潮させていた。

王立学園に入学できて、フィルなりに興奮しているのかもしれない。

フィルはこの学園に一年飛び級で入学して、この春から一年生になる。飛び級の理由は、嬉しいことに、わたしと少しでも早く一緒にいられるようになりたいからだと言ってくれた。

そんなフィルの姿を、わたしも王立学園に到着したらすぐに見たかった。もちろん公爵家に里帰りしたときには会っているんだけど、そう頻繁には戻れない。

最後に会ったのは三ヶ月前だ。

「でも……ここからフィル様を見なくたって……後になったら会えるんじゃ……」

「大事な弟が来たんだから、元気かどうか、一刻も早くみたいでしょ？」

わたしが微笑んで言うと、シアは沈黙し、しばらくしてから「羨ましいなあ」とつぶやいた。

？　なにが羨ましいんだろう？

「クレア様がフィル様のことを大事にされているんだなって思いまして。私や王太子殿下には、クレア様はそこまでの情熱を示してくれませんから」

「え、えっと……そんなことは……」

ない、と言おうと思ったけど、その言葉は空に浮いた。王太子もわたしをジト目で見ている。

わたしにとってシアは大事な友人だし、王太子殿下は婚約者だ。

けど……二人には悪いけど……わたしにとっていちばん大事なのは、フィルなんだ。

自分でもどうしてかはわからない。ただ、わたしの願いはフィルの最高の姉になることで、フィルにもそう約束した。

単眼鏡の向こうに見えるフィルは、無事に手続きを終えて、王立学園の門をくぐった。

また、お屋敷のときみたいに、フィルと一緒にいられる！

けど、ここからが問題だ。

わたしは前回の人生で、破滅した。その理由はいろいろある。一つはわたしが「夜の魔女」という特殊な立場にあることだし、あるいは、シアを裏切ってしまったのもある。

ただ、もう一つ大事なのは、フィルと疎遠になってしまったこと。

あんなに可愛い弟に、わたしは冷たく接していた。それが、わたしがフィルに処刑されるという破滅につながったと思う。

もちろん、今回はわたしはフィルを全力で可愛がる方針だけど、でも、選択肢を間違えれば、わたしの意思とは無関係に、フィルとの関係が破綻してしまうかもしれない。

「第一の山場は、全学舞踏会よね……」

新入生を歓迎し、在校生の親睦を深めるために、四月の学園で行われる大規模な舞踏会。

それが春の全学舞踏会だ。

そして、前回……わたしはフィルに冷たく接し、フィルにひどいことを言ってしまっていた。

周りの生徒たちに、フィルを紹介するように言われ、でも、そのときのわたしはフィルのことを嫌っていた。

だからフィルなんて弟じゃない、と冷たく突き放してしまっていたのだ。そのせいで、フィルとの関係はますます悪くなったし、フィル自身も学園生活を送りづらくなったはずだ。

実のところ……今、わたしの腕には赤い刻印が現れている。夜の魔女に近づいたことを示す幾何学的な禍々しい模様だ。

つまり……破滅を回避する必要がある。

ということで、わたしが取るべき対策は一つ！

「舞踏会で、フィルをわたしの『最高に可愛い弟』として紹介してまわらなきゃ！」

わたしの叫びに、王太子もシアも、あっけにとられていた。

☆

「ねえ、アリス。男子寮にこっそり忍び込む方法ってないかしら？」

「まあ、お嬢様もお年頃ですね」

メイドのアリスは、朝の身支度をするわたしの髪に、リボンをつけようとしていた。そんなアリスは、びっくりしたようにわたしをまじまじと見つめる。

わたしは、アリスの淡い灰色の瞳を見つめ返して、ふるふると首を横に振る。

「違うの。フィルに会いに行きたいだけ」

「あら、てっきり素敵な殿方との逢引に行かれるものかと思いましたのに」

「フィルより素敵な男の子なんていないわ」

わたしが冗談めかして言うと、アリスはくすっと笑って、「さすがお嬢様、姉バカですね」と言う。

わたしとアリスがいるのは、王立学園の女子寮の自室だった。今日は休日で比較的のんびりできる。

王立学園は貴族の生徒ばかりだけれど、そのなかでも、わたしは公爵令嬢として特別扱いを受けている。

寮の中でも特別豪華なだだっぴろい部屋を与えられていて、天蓋付きのベッドまである。

普通の生徒は二人から四人で一部屋を割り当てられているから、破格の待遇だ。

前回の人生のときは……特別扱いされていることはわたしの自慢だったけれど。でも、所詮、それはわたしが偉いんじゃなくて、リアレス公爵家が偉いだけだと気づいてしまった。

ただ、一つだけ嬉しいことがある。

それはアリスと一緒にいられることだ。

前回の人生では、わたしが学園に入学する前に、アリスは死んでしまった。けど、今回は、わたしはフィルと一緒に、アリスの死の運命を回避することができたのだ。

だから、わたしと一緒に、今は学園の二年生になっている。

ホントは、アリスの方がわたしよりも二つ年上だけど、わたしのメイドということで、わたしと同じ年に入学したのだ。

学園の標準入学年齢は十二歳だけど、飛び級で早く入ったり、若干遅く入学したりするのも、入試に受かりさえすれば自由に認められている。

そして、今のアリスは、わたしと一緒の部屋に住んでいる。

メイドを一緒の部屋に住まわせるなんて、普通の生徒にはできないから、これは公爵令嬢の特権だ。

べつに特権があることを誇るつもりはないけど、あるものは有効活用しよう。

ただ、そんなわたしの（家の）力をもってしても不可能なことがある。

それはフィルと同じ部屋に住むことだ。

さすがに男の子のフィルと同じ部屋にしてほしい、という要望は通らない。女子寮は男子禁制だ。

アリスは「うーん」と腕を組む。

「フィル様なら、待っていれば、そのうち会えますすよ？」

「わかってるけど……でも、フィルはもう昨日到着したのに、まだ会えてないし……」

学園への入学手続と検査さえ終われば、すぐに会えると思っていた。

ところがフィルは男子寮に入ったきり、出てこない。

男子寮の寮監は取り次いでくれないし、結局、会えずじまいだ。

フィルもわたしに会いたい、と思いながら、会えない事情があるのだと思うけれど……。

「フィルが……わたしのことなんか、どうでもいいと思っていたら……どうしよう……？」

「あのフィル様にかぎって、そんなこと絶対ないと思いますけどね」

「でも……お屋敷と違って、この学園には刺激的なものがたくさんあるし……可愛い女の子だっていっぱいいるし……」

わたしは思わず、不安を口にする。

問題は、今だけのことじゃない。ずっとお屋敷で一緒にいた以前とは違う。フィルだって成長していくし、そうなったとき、わたしとフィルの関係は今まで通りでいられるだろうか？

前回の人生で、フィルがシアを好きになったように、アリスと親しくなったように、誰かわたしより大事な人を見つけたら……。

それ自体は覚悟しているけど、でも、それで、わたしのことなんてどうでもよくなったら、どうしよう？

アリスはそっとわたしの肩を抱いた。

「大丈夫。フィル様にとって、きっとクレアお嬢様はいつまでも最高の姉ですよ。だって……お嬢様より魅力的な方なんて、この世にはいないんですから。お嬢様にとって、フィル様よりも素敵な方がいないのと同じように」

「……そうかな？」

「はい。お嬢様のことをよく知っているあたしが言うんだから、間違いありません」

アリスは優しく、わたしを安心させるように微笑んだ。

そんなアリスを見ていると、不安が薄らいでいくのを感じる。

フィルにとって、またシアにとっての姉がわたしであるように、わたしの姉代わりの存在がアリスなのだ。

アリスは急にぽんっと手を打った。

「あっ、でも……お嬢様……」

「な、なに？」

「男子寮に忍び込むというのは面白そうなので、やってみたい気がしてきました」

「ええと……やっぱりやめておいた方が良い気がしてきた」

アリスがこういうふうに目を爛々と輝かせているときは、危険だ。アリスはこういう冒険的なことが大好きで、前は一人でサグレス王子に会いに行ったりしているし……。

アリスはふふっと笑った。

「冗談です」

「よかった……」

「あら、お嬢様が言いだしたことではありませんか」

「それはそうだけど……でも、アリスのおかげで考えが変わったの」

フィルには明日、必ず会える。明日の入学式のあとの全学舞踏会には在校生も新入生も参加するからだ。

今考えるべきなのは……フィルを最も大大的に、わたしの弟として紹介する方法だった。

そのためには……目立つ必要がある。

そして、その手段もあった。

Ⅱ　全学舞踏会！

わたしは王立学園の講堂に立っていた。

……そう。

ここは、わたしが殺された場所。十七歳の、やり直す前のわたしが、フィルに処刑された場所だ。

でも、今のわたしは十三歳。一学年下の生徒たちの入学式の前日だ。春の、穏やかな夕方だった。

講堂は全校生徒が入れるぐらいの広さで、豪華なシャンデリアが天井に輝いている。

赤い絨毯が敷き詰められた豪華な空間だ。

卒業式などの儀式にも使われるけど、椅子を取り払えば、パーティー会場にもなるし、ダンスホールにもなる。

この因縁の場所の隅に、わたしはシアとアリスと一緒にいる。

わたしはぐっと拳を握った。

「さあ、頑張らなきゃ……！」

これから全学舞踏会が始まる。

今度は死なないために。……そして、フィルの最高の姉になるために！

「クレアお嬢様……気合、入ってますね」

アリスが目を丸くして言う。

わたしは微笑んだ。

「だって、久々にフィルと再会できるんだもの」

それにダンスは、わたしの得意分野だ。

いちおう前回の人生では、わりと完璧な公爵令嬢だったのだ。王太子の婚約者としてみっちり訓練を積んでいる。

フィルをわたしの弟としてみんなに紹介して回り、そして、フィルと素晴らしいダンスを披露《ひろう》して、注目を集める。

前回の人生みたいに……フィルを冷たく突き放したりなんて、絶対にしない。

フィルの学園への入学を完璧に演出してあげよう。

そうすれば、きっとフィルは前回よりも快適に学園生活を送ることができる。ついでに、わたしはフィルのお姉ちゃんとしてのポジションを盤石《ばんじゃく》にできるだろう。

会心の計画に、ふっふっふっ、と思わず笑みがこぼれてくる。

アリスとシアは顔を見合わせて、「いいなあ、フィル様……」と小さくつぶやいている。シアはいつもの純白の可愛らしい服を着ている。

けど、アリスはメイド服じゃなくて、淡い桃色のドレスを着て着飾っている。舞踏会だし、アリスは貴族令嬢だ。

ここではメイドであるだけでなく、学園の生徒でもある。襟とスカート部分は淡い青色で、お洒落なデザインだ。

メイド服を着ているときと印象は違うけど、なかなか似合っている。

そういえば、学園に入学してから、この二人が一緒にいることも多くなった。

お屋敷では、わたしの妹となっているシアと、メイドのアリスでは立場がかなり違う。ただ、学園に入学すれば、どちらも同じ生徒なわけで。

わたしにとって年上のアリスが姉代わりなのと同様、アリスとシアが並ぶと、姉妹みたいに見えた。

それにしても、ずいぶん仲良しになったなあ、と思う。

わたしがそう言うと、アリスはにっこりと笑った。

「それはそうですよ。シア様もあたしも、『クレア様大好き仲間』ですから」

「へ？」

わたしが間抜けな声を上げると、シアが慌てた様子で頬を赤くして、「あ、アリスさん……」と小声でアリスの制服の裾を引っ張る。

アリスはどこまで本気かわからないような雰囲気で、ころころと笑う。

「アリス……あまりからかわないでよね」

「あら、あたしはいつでも大真面目ですよ」

上機嫌なアリスに、わたしはむうっと頬を膨らませる。でも、たぶん、わたしの頬は少し赤くなっている。

フィルだけじゃなくて、今のわたしには、アリスやシアがいてくれる。そのことが心強かった。

わたしたち在校生は、男女に分かれて、講堂の右側の端で待機している。アルフォンソ様もどこかにいるはずだけど、男子なのでわたしとは別々の場所にいる。

まあ、アルフォンソ様はわたしの婚約者なので、後で必ず会うことになるとは思うけれど。

でも、まずは……フィルが大事だ。

やがて、講堂の反対側の扉が開き、窓から射し込む夕日を背に、新入生たちがどやどやと入ってくる。

みんな緊張して、初々しい面持ちだった。

「あたしたちも一年前はああいう感じだったと思うと、感慨深いですねえ」

とアリスが言う。

まあ、わたしは前回の人生とあわせて二度目だったので、去年も大した感動はなかったのは内緒だ。

ただ、前回の人生では、アリスは学園に入学できなかったから、そのアリスがわたしの横にいるという嬉しさはあったけれど。

そう。前回と今回は同じところもあるけれど、違うところもある。

前回よりも、もっと良い学園生活を、わたしは送りたい。そして、前回とは違って……フィルと仲良しで学園生活を送るんだ！

やがて新入生の一団のなかに、ひときわ背が低くて、ちっちゃくて、でも可愛らしい少年がいるのを見つけた。

半ズボンを穿いて、恥ずかしそうにあたりをきょろきょろと見回している。

そして、その子は、わたしと目が合うと、黒い瞳を輝かせ、白い頬を紅潮させた。

「クレア……お姉ちゃん！」

フィルがとてとてとやってきて、そして、わたしをきらきらとした目で見上げた。

「か、可愛い……」

思わず、お屋敷で最初に会った日のことを思い出してしまった。

あのときのフィルは、おどおどとした様子で、それはそれで可愛かったけど、でも、いまみたいな明るい表情の方がもっと素敵だ。

思わず、わたしはフィルを抱きしめかけ……フィルにひょいと身をかわされた。

「……お姉ちゃん……人前で抱きついたりするのは、恥ずかしいからダメだよ？」

「人前じゃなければいいの!?」

わたしが身を乗り出して言うと、フィルは目を白黒とさせた。

「ひ、人前じゃなくても……ダメだから！」

「……残念」

落ち込むわたしに、フィルが慌てる。

「でも……お姉ちゃんに会うことができて、嬉しいのはぼくも同じだよ」

「ホントに？」

「うん。だって、ぼくはそのために学園に飛び級で入学したんだもの」

天使かと思うような、純粋な宝石みたいな目で、フィルはわたしを見つめた。

わたしのために、フィルは学園に飛び級で入学するのだと言ってくれた。

昔もそうだったけど、入学した今も、そう言ってくれるのがわたしにはとても嬉しい。

「ありがとう、フィル」

そう言って、わたしがフィルの黒い艶やかな髪をくしゃくしゃっと撫でると、フィルは恥ずかしそうに微笑んだ。

そんなわたしたちを、アリスは楽しげに、シアはなぜかジト目で見ていた。

いつのまにか、アリスやシア以外の、同級生の女子たちが集まってくる。

「なになに、この子？　……すごい可愛いじゃん！」

と言ったのは、クラスメートのカリナだった。オレンジがかった茶髪を短く切りそろえていて、さばさばしたタイプの子だ。

シンプルなドレスを着ていて、わりと庶民的に見える。フランクな口のきき方も、気取った感じを与えない。

ところが、そんな印象に反して、侯爵令嬢なので結構身分は高い。王太子の婚約者のわたしにも物怖じしない良い友人……と思っていたのは前回の人生の途中まで。

理由はわからないけど、彼女はわたしが孤立したときも、断罪されたときも助けてくれなかった。

内心ではわたしのことを嫌っていたのかもしれない。

だから、わたしはちょっとカリナのことを警戒しているけれど、でも、いまのところ、彼女を避ける理由もない。

わたしはそつがなく微笑んだ。

「ええ。可愛いでしょう？　この子、わたしの弟なの」

「へぇええ！」

と大げさにカリナはリアクションをとる。わざとらしい態度と言えば態度だけど、でも、フィルのことを可愛いと思っているのは本当のようだった。

カリナ以外も、わらわらと他の女子生徒も寄ってきて、フィルを可愛い、可愛いと言いはじめる。

中には髪を撫でたり、頬を触ったりしている子もいて、フィルの顔を赤くさせていた。

……みんな一応貴族の子女よね？　そんな態度で淑女として、はしたないと言われないんだろうか。

いや、フィルに抱きつこうとしているわたしが言えたことじゃないけど……。

ともかく、このまま放っておいては、困ったことになる。

この学園には可愛い子はたくさんいる。……フィルが誰かのことを好きになってしまわないとも限らない。

もちろん……わたしは破滅を回避するために、フィルが誰かのことを好きになったりしたら、邪魔はしないつもりだけど。

でも、だからといって、積極的にそういう事態を作ろうとは思わない。聖女シアだっているんだし、順当にいけば、フィルはシアのことを好きになるはずだし。

わたしの同学年の子たちは、年下の可愛い男子であるフィルに近づこうとする子もいるかもしれない。

そうは問屋が卸さない。

だって……フィルの姉はわたし（とシア）だけで十分なんだから！

フィルは大勢の女の子に囲まれ、わちゃわちゃされ、目を白黒させている。

わたしはぽんぽんと手を叩いた。

「こらこら、フィルを困らせないであげてよ。それにフィルはわたしの弟なんだから、とっていっちゃダメなんだからね？」

「はーい」

とカリナがおどけて離れ、他の子もそれにならった。

そして、わたしはフィルの手を握った。

フィルはびっくりした様子で、わたしを見上げた。

わたしは周りの子を見回す。

「改めて、この子がわたしの弟のフィル。すっごく可愛くて、頭も良くて優しい、わたしの最高の弟なの」

そして、フィルもわたしのことを最高の姉だと言ってくれる。

今は、まだ。

これからも、ずっとそうかはわからないけれど。

それは、きっとわたしのこれからの行動にかかっている。

☆

そして、いよいよ舞踏会が始まろうとしていた。

華やかな音楽が流れはじめ、着飾った在校生と新入生のどちらもがそわそわする。

普通なら、ダンスのパートナーは、親しい異性ということになる。

婚約者がいれば、当然、少なくとも最初と最後はその人と踊るというのがマナーだ。

わたしの場合だったら、アルフォンソ様になるわけだ。

でも、今回はちょっと事情が違う。

あくまで新入生と在校生をはじめ、全学の親睦を深めることが目的になる全学舞踏会だ。

だから、最初から上級生・下級生のペアで組むことになる。この舞踏会をきっかけに、先輩・後輩のカップルが誕生することも珍しくないとか。

ともかく、わたしも下級生と踊ることになる。

アルフォンソ様が、恥ずかしそうにこそこそとわたしの方にやってくる。

「クレア……僕と……踊ってくれないか？」

「ありがとうございます。でも下級生と踊るのが決まりでしょう？」

うっ、とアルフォンソ様は詰まり、そしてしょんぼりと帰っていった。

……ちょっと悪いことをした気もするけど、ルールだし。

それに……下級生と踊れるということなら……フィルと踊りたい！

いちおう学内の有名人であるわたしと踊れば、フィルも良い意味で注目を浴びるだろう。

わたしはフィルに声をかけようとして、思いとどまった。

ダンスの誘いは男性から女性に申し込むもの。

面倒なことだけど、これも舞踏会の決まりの一つだ。女性は誘いを受けるか断るかの選択肢はあるけれど、自分から声をかけることはしないのが原則。

わたしはちらっとフィルを見る。

フィルは首をかしげる。

もう一度、ちらちらっとわたしはフィルを見た。

そして、フィルは頬を赤くして、くすっと笑った。

「クレアお姉ちゃん……ぼくと一緒に踊ってくれる？」

「もちろん！　喜んで」

「よかった」

フィルは嬉しそうに、天使のように微笑んだ。

やがてフィルはわたしの手をとる。

音楽が穏やかで明るい雰囲気のものに変わる。

これが一曲目だろう。

舞踏会定番の、特に春によく用いられる曲だ。

フィルがステップを踏み始める。

わたしはフィルのリードにあわせて、軽やかに踊る。

自慢じゃないけれど、わたしのダンスの腕前はなかなかのもので、相手の力量に多少の問題があっても、なんとかしてしまえる。

一方のフィルは、とても頭が良くて、なんでも優秀な子だ。でも、ダンスは同い年の子の平均よりはずっと得意だと思うけど、わたしには及ばない。

フィルが「うーん」と困った顔をして、ダンスのステップを続ける。わたしはさりげなくフィルをフォローしながら踊っていたけど、そのことにフィルも気づいたようだった。

「……お姉ちゃん……ぼくなんかが相手でよかったの？」

「もちろん！　フィルより素晴らしいパートナーなんていないわ」

「でも……ぼくよりもっと上手い人と組めば、お姉ちゃんだってもっと実力を発揮できると思う……」

わたしは微笑んだ。

「そんなことは大事なことじゃないの。わたしはフィルと一緒にいられて楽しいもの」

「けど……」

あくまで心配そうなフィルに対して、わたしはとびきりの笑顔を見せる。

「そんな顔しないで。楽しい舞踏会なんだから。もしフィルが自分のダンスに不安があるなら、これから毎日でも練習に付き合ってあげる」

ダンスは貴族のたしなみの一つで、それが得意で損することはない。

それに単純に、フィルに何かを教えてあげられるというのは、わたしにとっての喜びだ。お姉ちゃんらしいし。

「これからは毎日一緒にいられるものね」

フィルはぱっと顔を輝かせ、ようやく明るい表情を見せた。

「ありがとう。お姉ちゃん」

そして、曲が終わり、ダンスは一区切りとなる。

わたしたちを見ていた人たちから、拍手を受けて、フィルは恥ずかしそうにうつむいた。

ずっとフィルとダンスしていたいような気もするけど、そういうわけにもいかない。

わたしがフィルを独占していたら、フィルの交友関係を狭めてしまうだろう。

フィルが将来、公爵家の当主として活躍するためには、この学園で人脈を作っておく必要がある。

まあ、そんな未来を見るためには、わたしが首尾よく破滅を回避しないといけないけど。

ということで三曲目が終わった今、このタイミングで、みんなが相手を代えるのにあわせて、わたしたちもばらばらにならないといけない。

フィルには他の上級生とも組んでもらう必要があるのだけれど……。

いつのまにか、わたしたちは出遅れていた。

「フィル……次の相手……見つけられそう？」

「うーん、ええと……」

だいたいの生徒がもう相手を見つけているようだった。

フィルはおとなしい性格だし……女の子に声をかけるのも勇気がいるだろう。

それに、わたしがフィルを「とっていっちゃダメだからね！」なんて言ったのがまずかったのかも。

ただでさえ、わたしたちはリアレス公爵家の子女ということで、身分の高さのせいで敬遠される傾向にあるのだ。

困ったな……。

もちろん、シアやアリスにフィルと組んでもらうこともできるけど……身内だし、それでは意味がない。

ええと、誰かわたしの友達を……。

「なにやってるの、クレア？」

ひょこっとわたしの前に現れたのは、カリナだった。

同じクラスのさっぱりした性格の侯爵令嬢。

カリナなら、ちょうどいいかも。

前回の人生での出来事から、ちょっと不信感があるけれど、でも、明らかに悪い子というわけじゃない。

わたしはフィルに目配せをする。

フィルはおずおずと、カリナにダンスを申し込み、カリナもそれを「やった！　クレアの弟と組める！」と言って喜んで受け入れてくれた。

でも、カリナがフィルの手をとったとき、カリナは意味ありげな笑みを一瞬浮かべた。

……なんだろう？

それに、ちょっと胸がもやもやするような……。

でも、考えている時間はあまりなかった。

わたしもダンスの相手を見つけないと……。ただ、ほとんどの生徒は相手を見つけていた。

困っていると、後ろから声がした。

「なにやってるんですか？　クレアお嬢様」

振り返ると、レオンがいた。整った顔に、呆れたような表情を浮かべている。

わたしよりひとつ年下の、公爵屋敷の使用人だ。

マルケス男爵の子息でもあり、フィルと同学年でこの学園に入学している。

金髪碧眼でなかなか可愛らしい少年だ。特に今日みたいにばっちりと正装でおめかしを決め込んでいるとなおさら。

ただ、生意気で、性格のほうは……あんまり可愛いとは思わないけれど。

レオンは腰に手を当てて、はぁっとわざとらしくため息をつく。

「公爵令嬢なのに、ダンスの相手にあぶれたんですか？」

「あぶれたわけじゃない！　下級生の子が、みんなわたしに遠慮しているだけで……」

「それをあぶれたというんじゃないでしょうか？」

うっ、と言葉に詰まる。

レオンは畳み掛ける。

「クレアお嬢様は身分も容姿も優れているのに、姉バカ発言を炸裂《さくれつ》させるからみんな近寄りがたく思うんですよ」

「そう？」

「はい。他の男子生徒も、フィル様には敵わないと思うから、お嬢様を誘うのもハードルが上がりますし……」

ああ。なるほど。

たしかに、フィルより可愛い子なんて、いないものね！

……じゃなくて！

曲が始まってしまう。

ど、どうしよう……。

「というか、そういうレオンはどうなの？　ダンスの相手いないじゃない！」

「俺はあぶれたわけじゃありません」

「そうなの？」

「クレアお嬢様の相手をしに来たんですよ。リアレス公爵家の令嬢がダンスの相手を見つけられないなんて、恥ずかしいですからね」

とひとしきり憎まれ口を叩いた後、レオンは頬をちょっと赤く染めて、わたしにうやうやしく手を差し出す。

「クレア様……俺と踊っていただけますか」

「は、はい」

いつもとは違う、凛々しい雰囲気のレオンに、一瞬ドキッとする。

そして、わたしたちは踊り出した。

前回の人生では、こんなふうに一緒にダンスをするなんてこともなかったし、いちおう、わたしとレオンの関係も改善しているんだろうか……？

驚いたことに、レオンのダンスの力量はかなりのものだった。

わたしを的確にリードする。

憎まれ口の仕返しに、それとなく、ちょっとだけ難しいステップを繰り出しても……レオンは平気でついてこれた。

考えてみれば、前回の人生のわたしは、フィルのことだけじゃなく、レオンのことも知ろうとしていなかった。

レオンはわたしの顔を見つめ、ため息をつく。

「そんなに驚いた顔をしないでくださいよ。俺にだって、フィル様よりも得意なことはあるんですよ」

「ごめんなさい。ちょっと意外で……」

「まあ、俺が本気を出せば、お嬢様はついてこれないかもしれませんが」

「そんなことない！」

わたしとレオンは挑むようににらみ合い、そして、ふふっと笑った。

レオンが難しいステップを繰り出し、わたしがそれに応じ……と加速度的に難易度が上がっていく。

周囲には誰もいないかのように、わたしとレオンはダンスに集中した。

これだけ本気になるのは久しぶりかもしれない。

そろそろ互いに限界になりそうになっていたとき……曲が終わった。

気づくと、周りの目がわたしたちに熱く注がれていた。

……あれ？

フィルと踊っていたときよりも、注目を浴びているような……。

たしかにめったにお目にかかれないような、超絶難易度のダンスを披露してしまったわけだから、当然だけど。

フィルやアルフォンソ様、それにシアたちが、なぜかわたしたちの方を不満そうに睨んでいる。

レオンはそれに気づかなかったのか、頬を赤く上気させ、そして微笑む。

「やるじゃないですか、クレアお嬢様」

「そっちこそ」

とわたしが言うと、レオンは得意げに胸を張った。

Ⅲ　フィルが心配！

あれやこれやで、全学舞踏会は無事に終わった。

友達みんなに、フィルを「わたしの最高の弟」として紹介して回るのも、忘れてはいない。

結果として、フィルの評判はわたしの同級生の女子のあいだでは上々だった。

みんな「可愛い」、「可愛い」と言って、フィルのことをかまおうとした。フィルは目を白黒させて恥ずかしがっていたけれど、それがなおのこと、みんなの庇護欲を煽ったようだった。

前回の人生みたいに、フィルのことを「弟じゃない」なんて冷たく突き放すようなことはしていない。

これで破滅は回避できたはず。

ところが……。

「どうして腕の刻印が消えないの……？」

わたしは学園の女子寮の談話室で、天井を仰いだ。

もう夜も遅くて、わたしとシア以外には、人はほとんどいない。

全学舞踏会から二週間が経った。

もう授業は始まって、わたしやシアやアリスは、二年生として普通の学園生活を送っている。

それは順調なんだけれど……わたしの腕には、まだ赤い刻印……夜の魔女の呪いの証が残っている。

これがあるということは、わたしは破滅への道を回避できていないということなのだと思うけど。

でも、あれほど、フィルを一生懸命、最高の弟として紹介して回ったのに……。

前回のような扱いを受けたときと比べても、フィルにとっても良い学園生活のスタートになったはずなのに。

これでも、わたしは公爵令嬢かつ王太子の婚約者で、学内の有名人だから、その弟として知られるのは、悪くないはずだ。

そうやって思い悩んでいたら、隣のシアが何か言いたそうにわたしを見つめる。

シアはもう、寝間着姿だ。ピンク色の可愛らしいネグリジェを着ていて、いつも以上に可憐だった。

そんなシアは、わたしにおずおずと話しかけた。

「あの……フィル様のことについて……お話したいことがあるのですけれど……。よろしいでしょうか？」

「もちろんダメなわけない。でも、どんなこと？」

シアが深刻そうに告げたのは、最近のフィルの様子だった。

フィルは学園生活を順調にスタートさせたかに見えた。

リアレス公爵家の次期当主として、注目される存在だったたし、全学舞踏会でのわたしの行動で、より一層目立つことになった。

でも……どうも、フィルはクラスに馴染めていないのではないか、と言う。

「そ、そうなの？」

「はい。決していじめられているとか、嫌がらせされているとかそういうことはないみたいですけど……あまりご友人がいないみたいで……」

それは……まずい。

フィルはたしかに大人しい性格で……とても人見知りだった。

クラスで孤立しても、たしかに不思議じゃない。

でも、わたしが聞いた限りでは、そんな様子はなかったのに。

「レオンくんがそう言っていて……」

なるほど。

フィルとは別のクラスだけれど、同学年のレオンだったら、詳しい事情を知っていてもおかしくない。

けど……それならどうしてわたしに知らせないのだ、レオンめ。

シアが慌てたように付け足す。

「きっとレオンくんはクレア様を心配させないようにしているんですよ」

「そうかな。わたしが余計なことをするとか思って隠しているんじゃ……」

レオンのことだから、わたしを姉バカ、姉バカと思って、何をするかわからない危険な存在だとでも思っているのかもしれない。

……いや。

たしかに、わたしがやり過ぎて、舞踏会で目立ちすぎたかも、そのせいで、一年生のみんながフィルを遠ざけているのだとしたら……。

わたしのせい、というのは嘘じゃなくなってしまう。

そして、フィルもそう思ったら……わたしはフィルに恨まれて……破滅への道一直線では？

顔が青ざめていく。

わたしの顔色が変わったのを心配したのか、シアがまた慌てる。

「だ、大丈夫ですよ。そのうち、きっとフィル様にもお友達ができますし……。その……私たちが手助けすることだってできます」

「手助け？」

「はい」

「でも……どうやって？」

シアはしばらく考えて、困ったような顔をした。

具体的な案は思いつかないらしい。

救いの手を差し伸べたのは、アリスだった。

「おふたりともあまり夜ふかししちゃダメですよ」

と言いながら、アリスはまだ普通に学生服のブレザーを羽織っている。白を基調としていて、鮮明な青色の襟が印象的な、学園の標準服だ。

片手にはマグカップを持っていて、しかも中に入っているのは珈琲のようだった。

アリス……夜ふかしする準備万端じゃないか。

珈琲は昔は貴重な飲み物だったそうだけど、今ではすっかり王族から庶民まで誰もが飲む飲み物となっている。

シアが簡単に、フィルのことをアリスに説明した。

ふむふむ、と聞いていたアリスは、にっこりと微笑んだ。

「でしたら、解決方法は一つあります」

「なに？」

「あんなに可愛いフィル様を、みなが放っておくわけがありません。ですから……」

その後に、アリスが提案したのは効果的な方法で、そして、わたしにとっては諸刃の剣というべき、デメリットもある計画だった。

アリスの提案というのは……フィルのことを「可愛い！」と思う女の子の友達を、フィルに作ればいいということだった。

たしかに……前回の人生では、フィルはかなりモテた。今回だって、きっとそうだろう。

何人か、フィルに告白した生徒のことをぱっと思いつく。

フィルは女の子みたいな見た目だし、性格的にも女子と馴染みやすいかもしれない。

だから、男子の友達を作るよりハードルが低いとも思える。

でも……それは……。

わたしにとってはあまり面白くない。こんなに可愛い弟を他の誰かにとられちゃうなんて……。

いや、フィルをずっと独占しようなんてつもりはないし、わたしとフィルはあくまで姉弟だ。フイルとシアが相思相愛になったら、わたしは邪魔しない……つもりだ。破滅したくないから。

だからといって、フィルを積極的に女の子と仲良くさせようという気も起きない。

それにフィルが女たらしになってしまったらどうするのだ。

とアリスに言ってみたら、アリスはにこにこと笑った。

「大丈夫ですよー。あくまで女性のご友人を増やすだけです。それに……」

「それに？」

「フィル様にとっての一番は、きっといつでもクレアお嬢様ですよ」

アリスはぽんとわたしの肩を叩いた。

☆

わたしは次の日の昼休み、ひょっこりとフィルの教室へと行ってみた。

一年生たちはわいわいと楽しそうに、にぎやかに休み時間を過ごそうとしていた。

なかには、学園の食堂へ、何人かで連れ立って行こうとしている子たちもいる。

でも、たしかに、フィルはひとりぼっちで、きょろきょろと周りの様子を見て、困っているようだった。

……これはよくない！

このままではフィルは孤立してしまうし、フィルの不幸はわたしの破滅へとつながる道だ。

前回の人生では……どうだったんだろう？

フィルを舞踏会で冷たく扱ったところまでは、記憶にある。けど、その後、フィルがどんなふうに学園生活を送ったのか、関心がなかったせいでわからないのだ。

お忍びでフィルの様子を見に来たはずだけど、フィルに見つかってしまった。

フィルがぱっと顔を輝かせて、とてとてとわたしの方にやってくる。

「クレアお姉ちゃん！」

きらきらとした黒い瞳で見つめられ、わたしは嬉しくなる。わたしが教室にやってくるだけで、こんなに喜んでくれるんだ。

同時に、困ってしまう。

舞踏会のときはともかく、今、下級生の教室であまり目立つのは良くないかも。

「あれ、クレア様じゃない？」「フィル様の姉の……」

そんな声が口々に聞こえてくる。

ああ、まずい……。目立ってしまっている……。

でも、目の前のフィルの可愛さには抗えない。

わたしはフィルを抱きしめようとして……やはりひょいとかわされる。

「クレアお姉ちゃん……みんなの前で、恥ずかしいことしないでって言ったよね？」

「ご、ごめんなさい……」

わたしがしょんぼりとして謝ると、フィルはくすっと微笑んだ。

「一緒にお昼ごはんに行ってくれたら、許してあげる」

その笑顔は……まるで天使のようで。

当初の予定にはなかったけど、わたしはフィルと一緒にお昼をとることにした。

……フィルがクラスに馴染む機会をますます奪ってしまうのが心配だ。けど……今日のところは、姉のわたしがフィルと一緒にいても、許されるんじゃないだろうか。

「あっ、でも、わたし、お昼ごはん持ってきてないかも……」

「大丈夫。ちょっと多めに作ってきちゃったから……」

フィルはバスケットを掲げてちょっと自慢そうにする。

へえ……自分で用意してきているんだ。

貴族の子弟が自立した生活を送れるように、と、寮には厨房まであったりする。

まあ、実際には使用人任せだったり、食堂や王都の料理店に頼り切りということも多いのだけれど。

ただ、フィルはそういう環境を利用して、自分でお昼ごはんを持ってきたみたいだった。

フィルの用意した料理……絶対においしい！

わたしが目を輝かせているのを見て、フィルが慌てて言う。

「た、たいしたものじゃないよ……」

「きっとそんなことない！　それに、フィルの作ったものってだけで嬉しいもの」

フィルが恥ずかしそうにうつむく。わたしは思わず髪を撫でようとして……。

そして、視線に気づく。好奇の目とは違った、強い熱量を持った視線。

わたしたちを……見つめている。

振り返ると、教室の隅に、ブロンドヘアの小柄な女の子がいた。

なかなかきれいな少女で、褐色《かっしょく》の瞳がわたしたちをじっと睨んでいる。

わたしと目が合うと、その子は目をそらした。

……あれは……憧れ……じゃなければ嫉妬？

そして、わたしは思い出した。

その子のことを、前回の人生でも知っていることを。

その子の名前は、セレナ・ロス・マロートという。マロート伯爵家の一人娘だ。

マロート家はけっこう古い家柄の名門伯爵家だった。

お嬢様であるセレナは、美しい金色の髪が自慢の、とても愛らしい令嬢だった。両親から溺愛されたというのもうなずける。

小柄なフィルよりも、ずっと小さい。

セレナは……たしか、前回の人生ではフィルのことが好きだったはずだ。

友達の一人がわたしにご注進におよんだから知ったのだけど、でも、わたしは興味がなくて放置していた。

そういえば、フィルと同じクラスだったんだっけ……。

前回の人生では、わたしはフィルに興味がなかった。けど、今ならセレナの気持ちがわかる。

フィルみたいに可愛い子、他にいないものね！

「……お姉ちゃん？　どうしたの？　早くお昼ごはん、食べに行こう？」

そうだった！

この教室で、フィルと一緒にお昼ごはんをとる、というのは無理だ。

周りは下級生だらけで、周囲の目が気になってしまう。

ということで、フィルと一緒に、学園の校舎の屋上へと向かうことにした。

セレナのことは何か引っかかりを感じた。なにか重要なことに気づいていないような……。

でも、考えても仕方ないので、とりあえず気にしないことにする。

ちょうどフィルのクラスのある校舎は、屋上が花壇と菜園になっていて、誰でも出入り自由だ。

わたしはフィルの手を引いて、階段を登っていく。

「ぼく……屋上って初めて来る」

「そうなの？」

「うん」

まあ、普通は屋上に用事はないし。

屋上への扉を開けると、爽やかな春の風が吹き抜ける。

時計塔からほどではないけれど、学園のかなりの部分を一望できるいい場所だ。

ちょうど学園の奥にある、アーモンドの並木が見える。

アーモンドといえば木の実を食べるものだけれど、春になると星型の淡いピンク色の花を咲かせる。

それがたくさん並んでいる姿は、遠目からでもなかなか綺麗だった。

ただ、それ以上に凄いのは屋上の花壇だった。

「すごい……。きれいな花がいっぱい……」

フィルがぱっと顔を輝かせて、つぶやく。

わたしもそれにつられて微笑んだ。

ひなげし《アマポーラ》の花をはじめ、春の花が色とりどりに屋上を彩っている。その奥には、薬用の植物を育てている菜園もあった。

どちらも、趣味の花壇や菜園を超える規模だった。

「すごいでしょう。学園の植物学の先生や、園芸部の人たちが作っているんだって」

「へえ……」

フィルは興味津々で、身をかがめて花壇を眺めている。

……そういえば、フィルも課外活動に参加すれば、もしかしたら友達ができるかも。

園芸部だけじゃなくて、いろいろなクラブ活動が学園にはある。貴族の子弟が多いから優雅な活動が多いけど、単純に学園の生徒の数はなかなか多いから、活動には意外と幅もある。

それこそ園芸部とか良いかも。

でも、フィルは集団にいきなり入って馴染むというのはまだ得意じゃないかもなあ、とも考えてしまう。

そんなことを考えていたら、フィルはひとしきり花壇と菜園を見て満足したようだった。

とてとてとわたしのもとに戻ってきて、わたしを見上げる。

「ごめんなさい。待たせちゃった。お昼食べないと」

そして、フィルはバスケットの中から紙にくるまれたパンを取り出した。

バゲットパンを薄く切ってあって、そこにチーズと……なにか赤いものが塗られている。

「フィル、それは？」

「トマトをこすりつけて、オリーブオイルをかけてあるんだ。簡単なものだけど……けっこうおいしいと思うよ」

一口食べてみると、たしかにトマトの風味が心地よくて、オリーブオイルのしみたパンとよく合ってる。

おいしいなあ、と思ってぱくぱくと食べていると、フィルが申し訳無さそうな顔をする。

「お姉ちゃんと一緒にお昼ごはんを食べられるってわかってたら、もっと良いものを作ってきたんだけど」

「十分すぎるほどおいしいけど……」

「ね、お姉ちゃん。時々でいいから、また、こうしてお昼ごはんを一緒に食べてくれる？」

フィルがわたしを上目遣いに、期待するように見つめた。

わたしは勢いよくうなずき、そして、パンが喉につまり、少し咳き込む。

「だ、大丈夫？　お姉ちゃん？」

「ちょっとむせただけだから平気……。それより、またお昼に誘ってくれるの⁉」

わたしの剣幕に驚いたのか、フィルが目を見開いてこくこくうなずいた。

「お姉ちゃんさえよければだけど……」

「もちろん！　毎日フィルと一緒にお昼を過ごしてもいいぐらいだもの！」

フィルと一緒にいられて幸せ！　と何も考えずにフィルに返事をしてから、はっとする。

もちろん、フィルがわたしをお昼に誘ってくれるのは大歓迎だ。

でも……そうしていたら、ますますフィルはクラスと関わらなくなって、馴染めなくなってしまうのでは？

そう。フィルの問題をなんとかしてあげないといけない。

それが……フィルの姉であるわたしの使命だ。

「ところで、最近、クラスはどう？　もう慣れた？」

とフィルに聞いてみると、フィルはパンを片手に、顔を曇らせた。

やっぱり、フィル自身も、あまり上手くいっていないと思っているみたいだった。

空がとても青い。

いまのところ、フィルに友達らしい友達はいないみたいだし、いつも一人で教室で過ごしている。

わたしはそれを直接フィルの口から聞くのはためらった。フィルを……傷つけてしまうかもしれないと思って。

でも、フィルはおずおずと、自分から、切り出した。

フィルの言うことを聞いても……やっぱり状況は、レオンの観察結果のとおりのようだった。

フィルは遠くを見つめるような目をして、つぶやく。

「王家のお屋敷では……ずっとひとりぼっちだったから。どうしたらみんなと仲良くなれるのか、よくわからないんだ」

「焦らなくてもきっと、すぐに仲良くなれるよ」

わたしは静かに言う。

これは気休めじゃない。

少なくとも、前回の人生でわたしが破滅した頃には、フィルにも友人がいたはずだ。

決して多かったわけではなさそうだけど、孤立していたという印象はない。

けれど、フィルは自信なさげに首を横に振る。

「お姉ちゃんは優しいから……ぼくのことをかまってくれる。でも、他のみんなは……きっとそうじゃない」

「わたしは優しくなんてないわ」

わたしは微笑んで言う。

フィルは驚いたように、わたしを見上げる。

「わたしがフィルと一緒にいるのは、わたしがそうしたいから。ただのわがままなの。わたしはね、自分勝手で、自己中心的な子どもなの」

前回の人生では、結局、わたしは自分のことしか考えていなかった。立派な公爵令嬢、立派な王妃……そんなものを目指したのも、自分が褒められて、他の人より偉くなりたいだけだったと思う。

今のわたしも、本質はきっと変わっていない。

それでも、わたしはフィルのそばにいたい。

それはフィルに対する優しさなんかじゃない。自分のための思いなのだ。

「フィルはとっても可愛くて、良い子だもの。だから、優しくないわたしも、フィルと一緒にいたくなるの」

「そ、そうなの？」

「ええ。だからね。きっと他のみんなも同じ。すぐにフィルのことを大好きになるわ。だから、安心していいの」

わたしはそう言って、フィルの黒い髪をくしゃくしゃと撫でた。

わたしがフィルの魅力をみんなに知らしめないと！

フィルを孤立させないための計画は、アリスが提案してくれた。

フィルに女の子の友達を作らせるという話だった。

そして、気づく。

フィルのクラスメートのセレナ・ロス・マロート伯爵令嬢。彼女は前回の人生でフィルに好意を持っていた。

なら、今回の人生だって同じはず。

セレナこそが、アリスの計画にうってつけの子だった。

そうか……。

セレナを見たとき、思いついて当然だったのに。

そこに考えが及ばなかったのは、きっと、わたしが無意識にセレナにフィルをとられたくないと思っていたからかもしれない。

ともかく、セレナと知り合う必要がありそうだ。

そのためには……誰に協力を頼めばいいだろう?

下級生の知り合いって、まだ、あんまりいないし……。

レオン、に頼むしかないか。

またレオンに嫌みを言われるかと思うと、ちょっと腹が立つけど、仕方ない。

ただ、今もフィルは落ち込んでいて……そして、ここにいるフィルを元気づけられるのは、わたしだけなのだ。

フィルの作ってくれたパンは、もうひとかけらしかない。トマトとオリーブの味が後を引いて名残惜しい。

けど、わたしはその最後のひとかけらを口に放り込んだ。

そして、立ち上がり、フィルに微笑む。

「ね、フィル。お昼休み明けの授業、さぼっちゃわない? それで、一緒に食堂の厨房に忍び込むの」

「え? で、でも、そんなことしたら……」

「大丈夫。一時間ぐらいいなくたって、誰も気にしないわ。言い訳はなんとでもできるし。あっ、もちろん。フィルが勉強したいなら、授業に出ていいよ」

フィルは真面目な子だし、さぼるなんて嫌かもしれない。

けれど、フィルはしばらく考えてから、微笑み、ふるふると首を横に振った。

「ううん。お姉ちゃんと一緒にさぼってみるのも、面白そうだし」

「やった！」

わたしがフィルに抱きつこうとしたら、フィルはさっと身をかわした。

でも、フィルは恥ずかしがって、全然、わたしに抱きつかせてくれない。

フィルの顔は赤くて、そして、はにかんだようにわたしを上目遣いに見つめている。

「もしぼくがこのまま他の誰からも好かれなかったとしても、お姉ちゃんだけはぼくのそばにいてくれる？」

「もちろん！」

わたしは得意げに胸を張る。フィルはくすっと笑った。

フィルは、きっと大勢の人に愛されると思う。前回の人生で殺されたわたしとは真逆だ。

でも、今、この瞬間は、フィルの一番の味方は、わたしなんだ。

いつもお姉ちゃんが言っていることと同じだよ？

授業中の学園の廊下はシーンと静まり返っていた。

わたしとフィルは、二人でそっと、そんな廊下を歩いていく。

わたしとフィルは授業をサボっているのだ。

本当に人っ子一人いない。豪華な赤い絨毯が廊下には敷かれていて、窓からの光でその模様をはっきりとさせている。

「まるで世界にわたしとフィルしかいないみたいね」

わたしが思わずつぶやくと、フィルは微笑んだ。

「お姉ちゃんってロマンチストだね」

「そう？」

「うん。でも、ぼくも……お姉ちゃんしか、この世界にはいないような気がするな」

フィルは嬉しそうにそう言った。

わたしも……今はフィルと二人きりの時間を楽しみたい。

そして、わたしたちは　食堂の厨房へと忍び込んだ。

さすが王立学園の食堂の厨房は、生徒の多さもあって、かなりの規模だった。

見渡す限り、調理器具が並んでいる。もう料理を担当する使用人たちは引き上げているようで、誰もいなかった。

フィルは目をきらきらさせながら、あたりを見回した。

「すごい……。赤銅の鍋も、鉄の包丁も、どれも一流品だね」

「わかるの？」

「うん。ぼくは王家の屋敷では調理器具の手入れもやってたし。リアレス公爵家の厨房と比べても、同じぐらい高価な道具を使っているよ」

フィルは実家の王族の家では、使用人みたいな扱いを受けていた。

それで良い意味で貴族っぽくないところがあって、料理もできるし、いろんなことに詳しい。

やっぱり、そういうところだけでもフィルはとっても魅力的だし、みんなフィルのことを好きになること間違いなしだと思う。

「ということで、フィルと一緒にお菓子を食べましょう！」

「で、でも、お姉ちゃん……勝手に食べたりしたら怒られるんじゃ……」

「大丈夫。ここの食堂の料理人のお爺さんとは仲良しなの。それにね、今日食べるのは、わたしが作ったものだから」

そう言うと、フィルが目を丸くした。

わたしはここで、シアやアリスと一緒に、お菓子作りをしていたのだ。

特にシアはなかなか器用で、きれいな可愛らしいスポンジケーキを焼いていた。

わたしがシアの料理の腕前にびっくりしていると、「フィル様には負けませんから！」と真紅の瞳を輝かせていた。

……どうしてシアはフィルに対抗しようとするのだろう？

それはともかく、わたしのお菓子作りは、あんまりうまくいかなかった……。少しシアに教えてもらったけど、少なくとも、まだそんなに難しいものは作れない。

ただ、成果が皆無だったわけじゃない。

わたしは厨房の隅の戸棚から、一つの袋を取り出した。

そこにわたしの作ったお菓子を保管しているのだ。

そして、わたしはそれを取り出す。

「えっと……どうかな？」

わたしがフィルに差し出したのは、小さなわっか状のクッキーだった。

ワインのリングクッキー《ロスコ・デ・ヴィノ》というもので、甘口のワインを入れたクッキーだという。

シアが家でよく焼いていたというクッキーで、教えてもらいながら作ったのだ。

ホントはきれいなわっか状になるはずだけど、残念なことに、わたしのはぼろぼろで、途中で輪も切れてしまっている。

でも、味はおいしいとシアは褒めてくれた。

フィルはクッキーとわたしの顔を交互に見比べた。

「もらっていいの?」

「ええ、もちろん。そのために出してきたんだもの」

フィルはぱっと顔を輝かせて、わたしの手作りクッキーを口に運んだ。

わたしはどきどきしながら、フィルの感想を待つ。

フィルは嬉しそうな顔で食べ終わる。

「とってもおいしかったよ。アニスのいい風味もあるし」

さすがフィル。シアの指示で、アニスパウダーをクッキーに入れていた。

アニスはまさに学園屋上の菜園で栽培されていたりするし、入手が簡単な植物で、そして、使うと独特の香りが出る。

「でも……形も不格好だし、それにフィルの作ったものと比べたら……」

とわたしは思わず、自信のなさを口に出してしまう。

でも、フィルは天使のような顔で微笑んだ。

「そんなことないよ。とても美味しくできているし。それにね、ぼくは、お姉ちゃんが作ったものを食べられるってだけでも嬉しいな」

「そ、そう?」

「うん。いつもお姉ちゃんが言っていることと同じだよ?」

たしかに、わたしはフィルの作ってくれた料理やお菓子が食べられるだけで幸せだ。

それと同じことをフィルも感じてくれているなら、嬉しいかも。

「ありがとう。でも、わたしも……もっと頑張って、もっと美味しいものをフィルに食べてほしいな」

「期待してる。だからね、お姉ちゃんも、ぼくが作ったお菓子を食べてくれると嬉しいな」

フィルとお互いに作ったお菓子を食べさせ合いっこ。これはいいかも!

わたしは、フィルが美味しそうにわたしのクッキーを食べる姿を見ながら、そんなことができる日を楽しみに思った。

Ⅳ　図書室では静かにしてくださいい、お嬢様!

「ということでね。フィルとセレナさんを仲良くさせる作戦に、協力してほしいの!」

わたしたちが身を乗り出して頼むと、レオンはぎょっとした様子だった。

ここは図書室。学園の東棟の隅にある場所だ。

レオンは受付カウンターにいて、わたしはその目の前に腰掛けている。レオンは図書委員だった。

そして、わたしはレオンに、フィルの友達を作ろう作戦への協力を頼んでいるのだ。

相手は、セレナ・ロス・マロート伯爵令嬢。フィルのクラスメートだ。

前回の人生ではセレナさん（さんを付けることにした。だって、フィルの友達になる予定なのだから！）は、フィルに好意を持っていたし、今回もきっと上手くいくはず。

そのためには、下級生の数少ない知り合いであり、フィルの味方のレオンの協力が必要だ。

レオンはわたしには冷たいけど、フィルのことは気に入っているようだし、フィルのためだったら、動いてくれるはず。

でも、レオンの反応は鈍かった。

「まずですね、クレアお嬢様。ここは図書室なんですから静かにしてくださいよ」

「……ご、ごめんなさい」

レオンに注意されて、はっと周りに気づく。

みんなクスクスと笑っている。は、恥ずかしい……。

「まったく、お嬢様はフィル様のこととなると見境がないんですから。姉バカもほどほどにしておいてくださいよ」

とレオンに言われてわたしはカチンとくる。

そんな冷たい言い方ないじゃない！

「そういうレオンが、図書委員だなんて、意外ね」

「似合わない、と思っているでしょう？」

「ええ」

わたしがそう言うと、レオンはじっとわたしを睨み、そしてぷいっと顔を背けた。

「それで協力してくれるの、してくれないの？」

「しますよ。お嬢様は俺の主人なんですから」

「それはそうだけど、フィルのためになにかしてあげようとは思わないの？」

「まあ、フィル様も俺の主人ですし、お嬢様よりずっと良い方ですからお力になりたいですけど……」

レオンはちょっと顔を赤くする。素直にフィルのことを心配しているというのが恥ずかしいのだ。

シア＆アリスの言葉から、レオンがフィルのことを心配しているのは確認済みだった。

「本当はフィルのこと、大事に思っているくせに。友達でしょう？」

「ふぃ、フィル様は、次の公爵様ですし……友達なんて恐れ多いですから！」

「でも、フィルもレオンも、今は学園の一生徒でしょ？」

「そうは言っても、身分差というのは覆せませんよ。お嬢様は、公爵令嬢だからわからないかもしれませんが」

たしかにわたしは公爵令嬢にして、王太子の婚約者だ。わたしより身分の高い生徒なんて、ほとんどいない。

でも、カリナみたいに身分を気にせず付き合ってくれる友人もいるのだけれど。

一方、レオンは男爵家の跡取りだし、それほど身分が高い方じゃない。

だから、いろいろわだかまりはあるのかもしれない。

ま、わたしみたいな気に食わない主人に頭を下げないといけないわけで、それだけでも不機嫌になって当然かもね。

まあ、でも、レオンがフィルのために力を貸してくれれば、それでいい。

「でも、俺たちがセレナさんをフィル様に近づけるのって、ホントにフィル様のためになるんですかね？」

「どういう意味？」

セレナさんはフィルの友達になってくれる可能性が高い。フィルが孤立している状況を変えられる、重要人物だ。

そのセレナさんとフィルの友情を取り持つことに、悪いことがあるはずない。

レオンはちょっと浮かない顔をして、そして、「まあ協力しますよ」と言ってくれた。

「問題はセレナさんですが……本当にフィル様と仲良くなりたいと思っているんでしょうか？」

レオンのもっともな疑問に、わたしは言葉に詰まる。

セレナさんがフィルに関心があることは間違いない。

だって、わたしには前回の人生の記憶があるから、わかるのだ。

でも、レオンにそれを言うわけにはいかない。

「せ、セレナさんはじっとフィルのことを熱い視線で見ていたの！」

「それだけ？」

「あとは勘……そう勘よ！」

わたしは手を上に突き出して叫ぶ。

レオンがびくっと震える。

「お、お嬢様……お願いですから静かにしてください」

「す、すみません……」

「お嬢様って頭がいいはずなのに、どうしてこう……」

「あら、褒めてくれているの？」

「お嬢様より優秀な生徒なんてそうそういないでしょう。褒めているというより単なる事実ですよ」

とレオンはそっけなく言ったけど、意外にも、レオンの中のわたしの評価は高いみたいだった。

「ふうん」

「なんでにやにやしているんですか？」

ちょうどいい。

レオンとも仲良くなりたかったところだ。

今回のフィルとセレナさんを友達にしよう大作戦では、わたしとレオンも仲良くなることとしよう！

そんな目標を胸に、わたしは立ち上がった。

「さあ、早速、セレナさんに会いに行きましょう」

とわたしがレオンに言うと、レオンは目を白黒させた。

「い、今からですか？」

「善は急げ、と言うでしょう？」

わたしがにっこりと微笑むと、レオンはやれやれという顔をした後、図書室の椅子を立った。

付き合ってくれるみたいだ。

今はお昼休みで、まだけっこう時間がある。教室へ行けば、セレナさんに会えるだろう。

フィルと、フィルのクラスメートのセレナさんを仲良くさせる計画を、わたしはレオンと共同で推進することになった。

うまくいくといいのだけれど。

レオンは、フィルやセレナさんとは隣のクラスだった。

それでもいきなり上級生のわたしだけが行くよりも、同じ学年のレオンが一緒に来てくれた方が、セレナさんも話しやすいはずだ。

廊下を歩きながら、レオンがおそるおそるといった感じで言う。

「あの……クレアお嬢様。会っていきなり、セレナさんに『フィルの友達になって』とか言わないですよね？」

「まさか。そんな下手な手段はとらないから、安心して」

「では、どうするんですか？」

「まずはわたしたちが、セレナさんと仲良くなればいいでしょう？　そしたら、自然にフィルとも一緒にお昼を食べに行ったりして、みんなで仲良くなればいいの」

「ああ、なるほど」

レオンはぽんと手を打って、納得してくれたようだった。

わたしはレオンを睨む。

「わたしもそんなに考えなしってわけじゃないの」

「もちろん知っていますよ。ただ、お嬢様は、フィル様のこととなると姉バカになって、とんでもないことをしますから」

レオンは肩をすくめた。

悔しいけど、レオンの言うことは否定できない。

たしかに、わたしはフィルのこととなると、ときどき、冷静さがなくなってしまう。

前回の人生では、そんなことはなかった。自分で言うのも変だけど、わたしはいつでも、そつが無く優秀にものごとをこなしてきた。

それは……フィルのような、心を奪われるものが、あるかないかの違いだ。

ああ……でも。

前回の人生でも、シアにアルフォンソ様を奪われそうになったとき、わたしは暴走してしまったんだ。シアを傷つけようとして、逆に自分が破滅した。

わたしは、はっとする。

もしかしたら、今も同じかもしれない。

フィルに心を揺さぶられすぎて、とんでもない失敗をすれば……すぐさま破滅ってこともありえるかも。

実際に、夜の魔女の刻印は、わたしの腕に真っ赤な模様を刻んでいる。

これが浮かんでいるうちは、わたしの破滅はすぐそばにあるということなのだから。

「慎重にいかないと……いけないよね。うん、そうだよね」

「何でひとりごとをつぶやいているんですか？」

レオンが呆れたようにわたしの方を振り向く。

しまった……。口に出ていたみたいだ。

わたしが、「あはは」と笑うと、レオンはため息をついた。

「お嬢様は……変わりましたね」

「そう？」

「はい。フィル様が屋敷にいらしてから、お嬢様は落ち着きがなくて、とんでもないことをしたりして……でも、とても楽しそうになりました」

レオンがそう言って、少し表情を和らげて、わたしを見つめた。

どきっとする。

レオンはけっこう顔立ちが整っている。仕草も上品だし、その青い瞳で見つめられると、少しどぎまぎする。

フィルの可愛さとは方向性が違っていて、レオンの顔には幼いなりに凛々しさがある。

レオンは微笑んだ。

「さあ、急がないと。立ち止まってはダメですよ、お嬢様」

レオンに見つめられて、わたしは思わず足を止めていたみたいだった。

すたすたとレオンは歩き出してしまい、わたしはそれを慌てて追いかけた。

「ま、待ってよ！　レオン！」

「俺はお嬢様のペースに合わせるつもりはないんです」

「意地悪ね」

「どうとでも言ってください」

と言って、レオンは振り向いて、にやにやと笑った。

こいつ……！

でも、振り向いた後、レオンはその場で立ち止まり、わたしを待っていてくれた。

レオンってけっこう足が速いんだ。お屋敷にいたころは、背もわたしのほうがレオンより高かった。

けど、一年でレオンに背も抜かされてしまったみたいだった。

「一つ忠告ですが、セレナさんにはあまりグイグイいかないほうがいいかもしれません」

「そうなの？」

「はい。というのも……」

わたしたちはちょうどフィルたちの教室についた。

教室を覗くと、相変わらずフィルが一人で本を読んでいて、ちょっと心配になる。

そして、わたしが探しているもうひとりの子も、教室にいた。

セレナさんも……一人で、窓の外をぼうっと見つめていたのだ。

わたしは意外な気がした。

セレナさんも……もしかしてひとりぼっち？

わたしがレオンを振り返ると、レオンは肩をすくめてうなずく。

「みんながみんな、要領がいいわけじゃないんですよ」

それは……そうかもしれない。

一人でいる生徒なんて、そう珍しい存在でもない。

わたしだって……前回の人生では、破滅する直前には孤立しかけていたわけだし。

とはいえ……これはセレナさんには悪いけれど、かえって好都合かもしれない。

ほかに仲の良い人がいないなら、なおさらフィルの友人になってくれる可能性が高いんじゃないだろうか。

「それで、セレナさんと仲良くなるとしても、具体的にはどうするんです？　いきなり話しかけて、『仲良くなりましょう』なんて言ったら不審者ですよ」

「そこは考えているの。これでも秀才の公爵令嬢だから、わたしの話術をもってすれば楽勝よ」

わたしが胸を張ると、レオンは「へー」と冷たい目で見た。

こいつ……わたしのことを全然信用していない！

「み、見てなさい。すぐにでも仲良くなってみせるんだから！」

「不安だなあ」

とレオンはつぶやき、ふたたびセレナさんのいた席へと目を向けた。

わたしもそれにつられて、セレナさんがいるはずの場所へと視線を移すが……。

「あれ？」

そこにセレナさんはいなかった。

はて？　どこへ行ったのでしょう？

そして、わたしは目の前に小さな女の子が立っていることに気づいた。

ブロンドヘアに、褐色の目。とっても小柄な少女だ。

セレナ・ロス・マロート伯爵令嬢は、いつのまにか、わたしたちの目の前に立っていた。

「あの……フィル様のお姉様ですよね？」

セレナさんは、鳥のさえずるような小さな声でわたしに尋ねる。

思わず、わたしはこくこくとうなずいた。

急すぎて、こ、言葉が出てこない！　レオンが「自慢の話術はどうしたんですか？」とわたしを小突く。

う、うるさい！

セレナさんは、そんなわたしたちの様子を見て、くすっと笑った。

お、笑ってくれた。

セレナさんは笑うととっても可愛かった。人形みたいな整った顔に、ほんのりと赤みが差す。

「お話があるんです」

「ええと……」

それは願ったり叶ったり。

むしろこちらから話に行こうと思っていたのだから。

「屋上へ……行きませんか？」

と言われ、わたしはレオンと顔を見合わせる。

断る理由はない。

わたしたちはその場を離れ、校舎の屋上へと向かうことにする。

そのとき、教室の中のフィルと、一瞬、目が合う。ぱっとフィルの顔が輝き、でも、わたしたちが去っていくことがわかると、とても寂しそうな顔をした。

……ごめんね。本当だったら、フィルと一緒にいたいところなんだけど……そういうわけにもいかない。

わたし、セレナさん、レオンの三人は廊下をてくてくと歩き、階段を登り、そして、それほど時間もかからずに、目的の屋上にたどり着いた。

こないだ、フィルと一緒にお昼ごはんを食べた場所だ。

風で、セレナさんのブロンドの髪がたなびく。

「えっと、その……改めてご挨拶申し上げます。私はセレナ・ロス・マロート。マロート伯爵家の娘です」

「ええ、知っているわ」

マロート伯爵家は、古い家系の名門貴族だし、わたしの父とも付き合いがあったはずだ。

セレナさんは、ぼそぼそと型どおりの挨拶をこなすと、わたしをじっと見つめた。

話す前は勝ち気そうに見えた瞳だけど……喋り方は弱々しくて、気弱な印象がある。

「ご用件は？」

とわたしが尋ねると、セレナさんはおずおずとわたしに言う。

「その……ですね。クレア様たちはフィル様にご友人を作ろうとされているんですよね？」

「な、なんで知ってるの？」

「だって……聞いていましたから」

ああ、そうだ。

たしかにいくらでも知られる機会はあった。

うかつだった。

ただ、それほど大した失敗じゃないし、セレナさんにわたしたちの目的が伝わっているのは好都合かもしれない。

でも、それは勘違いだった。

「あの……クレア様。お願いがあるんです」

「わたしにできることなら、なんでも言って？」

とりあえず、わたしはできるかぎり優しげな微笑を作ってみた。

セレナさんはようやく決心したように、深呼吸する。

そして、言う。

「フィル様に友達を作ろうなんてしないでください」

「え？」

わたしは一瞬、セレナさんの言うことが理解できず、まじまじとセレナさんを見つめた。

どうしてフィルに友達を作らないで、なんて言うんだろう？

セレナさんは頬を赤らめて、うつむく。

「だって……私は、ひとりぼっちのフィル様が好きなんです」

たしかに、セレナさんはフィルのことを好きと言った。これは事前の予想通りだ。

でも、一人のときのフィルが好きってどういうことだろう？

「フィル様は、いつも窓の外をぼんやり眺めて……本を読んで……。そんなフィル様はとてもかっこよくて、可愛くて……」

たしかにフィルは可愛い。けど、ひとりぼっちのときよりも、わたしの目の前で微笑んでくれるフィルの方が好きだけど……。

レオンが口をはさむ。

「自分と同じ、一人のフィル様が好きってこと？」

レオンの言い方は少し意地悪だったけれど、真実を言い当てているようだった。

セレナさんはうつむいた。

「そう……かもしれません。ずっと……一人のフィル様を眺めていたいんです」

気持ちはわかるかもしれない。

孤立しているセレナさんは、同じように孤立しているフィルに親近感を抱いているんだと思う。

そして、フィルは孤立していても、容姿も優れているし、勉強もできるし、目立つ存在だった。

セレナさんが憧れのような好意を持つのも理解できる。

でも……。

それでは困る。フィルがひとりぼっちのままなのは、わたしは嫌だ。

「あのね、セレナさん。わたしもね、このままフィルがひとりぼっちだったらいいな、って思いがないわけじゃないの」

セレナさんは驚いたように褐色の瞳を見開く。

レオンもぎょっとした顔をした。

「な、何を言い出すんですか、お嬢様？」

二人がびっくりするのも当然だ。だけど……。

「フィルが一人だったら、ずっとわたしがフィルを独り占めできるじゃない？」

「お、お嬢様……。でも、それではフィル様が……」

そう。そのとおり。

それでは、フィルにとって、不幸なことだ。

わたしが教室へ行くだけで、フィルがぱっと顔を輝かせる。その魅力には抗いがたいけど……。

でも、それはフィルがひとりぼっちだからで、そしてフィルはひとりぼっちを望んでいない。

一人が悪いわけじゃない。世の中には一人でいることの方が気楽で素敵だという人もたくさんいる。

でも、フィルはそうではなくて……周囲と仲良くなることを望んでいる。

そして、わたしが観察するかぎり、セレナさんも同じだと思う。

「わたしは、フィルにもっとたくさんの人と仲良くなってほしいの。そして、みんなにもフィルの魅力を知ってほしい！」

セレナさんとレオンがあっけにとられたようにわたしを見る。

わたしはにやりと笑った。

「だって、あんなに可愛くて、頭も良くて、そしてとても優しい子をわたしが独占していたら、きっと神様からの罰が当たるもの。わたしはフィルのことが大好きだから、みんなにもフィルのことを知ってもらいたいの」

わたしの言葉に、レオンは呆れたというようにため息をついた。けど、その顔はどこか楽しそうで、優しい表情が浮かんでいた。

そして、セレナさんは……固まっていた。

しばらくして、セレナさんはわたしを上目遣いに見る。

「私が間違っている……ということですか？」

「そういうわけじゃないわ。あなたがフィルのことを好きなのは、わたしも嬉しいもの。だからね、あなたも眺めているだけじゃなくて、フィルの友達にならない？」

「私が……フィル様の友達……」

つぶやいた後、セレナさんはぶんぶんと首を横に振った。

「私なんかじゃ……きっと……ダメです。私は……ダメなんです。ずっとお屋敷にいて……家から一歩でも出ると怖くて……。人と話すのもうまくできないですし……何の取り柄もないし……」

ずいぶんと自分に否定的だな、と思う。

ある意味、前回の人生のわたしとは正反対だ。あの頃のわたしは、完璧な公爵令嬢として、王太子の理想の婚約者として、自信に満ちていた。

もちろん、それは思い込みで、わたしは破滅したわけだけど。

セレナさんの自己評価だって、思い込みだ。

「私は……クレア様とは違うんです。クレア様みたいに……フィル様と仲良くしたりなんて……」

セレナさんは小声で言う。

セレナさんは、それはそれは両親から愛されたそうで、使用人たちからも大事にされてきたはずだ。

でも、だからこそ、外の世界が怖いのかもしれない。

わたしは身をかがめ、とても小柄なセレナさんと目線を合わせる。

「セレナさんはとっても可愛いもの。取り柄がないなんてことはないと思うの」

「そう……でしょうか」

「ええ。わたしが男子だったら、セレナさんみたいな女の子が友達になってくれるなんて言ったら、きっととても喜ぶと思うし」

これはお世辞じゃなくて事実だ。だからこそ……フィルをとられたらどうしようという心配もないわけじゃないけれど。

さらに言葉を重ねようかとも思ったけど、あまりグイグイいかないほうがいい、というレオンの忠告を思い出した。

このあたりで切り上げようかな。

「あなたが勇気をもってフィルと友達になりたいなら、わたしはいつでも協力するから」

わたしの言葉に、セレナさんは答えず、うつむいたままで、でも一瞬きらりと目が光った。

あと一歩押せばいけるんじゃないだろうか？

セレナさんは、孤独なフィルを眺めていたい、なんて言うけれど、それは本心じゃなくて、本心では普通にフィルと仲良くしたいと思っているはずだ。

最初に教室で見たとき、セレナさんはわたしを憧れや嫉妬のこもった目で見ていた。

あれは自分も、フィルと仲良くしたいということだったはずだ。

やっぱり、もう一歩、踏み込んでみようか？

そのとき、レオンがわたしの服の袖を軽く引いた。

「お嬢様、そろそろ戻らないと……」

いけない。

毎日授業をさぼるわけにはいかないし、そろそろ戻らないと午後の授業に遅れてしまう。

わたしはひらひらと手を振り、「じゃあね」と言って立ち去ろうとした。

「あの……」

セレナさんに呼び止められて、わたしは振り返る。

青空を背に、セレナさんがわたしをまっすぐに見つめる。

「どうして、クレア様はそんなに堂々としていて……自信をもって振る舞えるんですか？」

そんなに堂々としているかな？

でも、たしかに……わたしはセレナさんのような物怖じはしない。破滅は怖いけれど、それはまた別の怖さだ。

わたしが自信をもって振る舞えるとすれば、前回の人生では、王太子の婚約者だったからだ。

完璧な公爵令嬢、理想の王太子の婚約者であることがわたしの存在意義で、そして自信の源だった。

でも、今のわたしは……自分がそんなものにはなれなかったことを知っている。

前回の人生での破滅は、わたしの心に深い傷を残していた。

それでもなお、わたしが少しは自分を信じることができているとすれば、その理由は、たった一つだ。

「フィルがわたしを必要としてくれているから。フィルがわたしのことを姉として頼ってくれるから、だから、わたしは堂々としていているんだと思う」

わたしがそう言って微笑むと、セレナさんは目を大きく見開き、そしてうなずいた。

フィルがわたしに破滅に立ち向かう勇気をくれている。だからこそ、わたしはフィルの最高の姉になりたいんだ。

わたしは心の中でそうつぶやいた。

立ち去る前に、わたしはもう一つだけ、言うべきことを思い出した。

「そうそう。セレナさん。わたしのことを『様付け』はやめてほしいの。同じ学園の生徒でしょう？」

レオンと違って、セレナさんはリアレス公爵家の家臣というわけでもないのだから、変にかしこまるのもおかしいと思う。

まあ王太子のアルフォンソ様の婚約者のわたしに遠慮する人は多いのだけれど。

セレナさんはためらった様子だった。

「で、でも……」

「わたしが二年生。あなたは一年生。だから、『クレア先輩』って呼んでくれると嬉しいな。考えておいてくれる?」

こくこくとセレナさんはうなずいてくれる。

そうして、わたしは微笑みセレナさんの肩をぽんと叩くと、レオンと一緒に今度こそ屋上から立ち去った。

☆

すべての授業が終わった後、わたしはもう一度レオンに会いに行った。

ともかく、セレナさんがフィルに好意的なのもわかったし、仲良くさせよう計画も成功するに違いない。

上機嫌にレオンの教室へ行ってみると、レオンは微妙な顔でわたしを出迎えた。

「……お嬢様。俺の教室に来るとは思っていませんでした」

「あら、ダメだった?」

「ダメってことはないですけど……目立ちますし、恥ずかしいんですよ」

レオンはきょろきょろとあたりを見回した。

なるほど。

たしかに上級生で、それなりに有名なわたしが登場すると、注目を集めてしまうようだ。

フィルの教室に行ったときも同じだったっけ。

「恥ずかしがらずに、もっと歓迎してくれてもいいじゃない」

「なんで俺がお嬢様を歓迎しないといけないんですか」

「フィルならすごく歓迎してくれるのになー」

「はいはい」

と言って、レオンは肩をすくめ、そして、くすっと笑った。

何かおかしかっただろうか？

そのとき、レオンのクラスメートの子がひょこっと現れ、わたしたちに近づいた。ちょっと長めの茶髪の男の子だ。

まだ十二歳だからかもしれないけど、女の子みたいな見た目だ。フィルとはちょっとタイプが違うけれど。

その子はわたしとレオンの顔を見比べ、無邪気な笑みを浮かべた。

きらきらとした金色の瞳で、その子はわたしを見つめて、それから名乗った。「僕、王太子殿下の婚約者のクレア様は憧れだったんです！」と言われ、ちょっと気恥ずかしい。

そして、その男の子はレオンをちらりと見る。

「そっか。レオンくんってクレア様のお屋敷にいたんだよね。いいなあ。クレア様と仲良しなんだね」

とその子は言う。声変わり前だから、声も高くて、どこか甘い響きがあった。

わたしとレオンは顔を見合わせ、そして、ぷいっと互いに顔を背けた。

「仲が良いわけじゃない」

とわたしとレオンは口を揃えて言う。でも、相手の男の子は首をかしげた。

「でも、さっきも図書室で一緒にいたじゃないですか？　お二人は舞踏会でもあんなに素敵に踊られていましたし」

ああっ、見られていたんだ。

たしかに、最近、レオンと行動を共にすることが多い。他の生徒から見ると、わたしたちは仲良し（？）に見えるのかもしれない。

「あっ、でもお二人は主従なんですよね。理想的な主人と忠実な使用人、って関係も憧れます」

わたしとレオンはもう一度、顔を見合わせる。

「クレアお嬢様のどこが理想的なんですか」

「レオンも忠実じゃないよね」

そうして、わたしたちはむむっとにらみ合う。

……いけない。レオンと仲良くなるつもりだったのに、なぜか言い争いに……。

でも、レオンのクラスメートの男の子は、わたしたちがどう見えたのか、「やっぱり仲良しだ」

と言って微笑んでいた。

そうだ。

わたしがレオンのもとに来たのは、フィルとセレナさんのことを話し合うためだった。

ただ、ここじゃ、レオンの言うとおり、目立ちすぎてしまう。

わたしはレオンを廊下に連れ出し、レオンも素直に従った。

窓から夕日の射す廊下で、わたしとレオンは向き合う。

はあ、とレオンはため息をついた。

「あまり目立つようなことをしないでください」

「目立つようなことって……わたしがしたのは、レオンの教室に来ただけじゃない？」

「それが目立っていたんじゃないですか。お嬢様は王太子殿下の婚約者なんですから。使用人の男のもとに何度も足を運んだりしたら、噂になるじゃないですか」

「噂って、どんな？」

わたしが何も考えずに尋ねると、レオンはぎょっとした顔をして、そして顔を赤らめた。

あ……しまった。

そういうことか。

「つまりですね……お嬢様が俺と浮気しているとかそういう噂ですよ」

レオンは律儀に、口に出して説明してくれた。耳まで真っ赤だ。

そんなに恥ずかしがらなくてもいいのに。

わたしはくすっと笑った。

「べつに、わたしはそんな噂を流されても平気だけど」

「平気じゃないでしょう。仮にも公爵令嬢としての体面が……」

「レオンは嫌？」

わたしはからかうように尋ねてみる。

レオンのことだから、「お嬢様みたいないい加減な人と噂になるなんて嫌ですね！」ぐらいの嫌みを言うに違いないと思う。

けれど、レオンは意外にも、そんなことは言わなかった。

代わりに、うつむいて視線をそらし、それからぼそっと言う。

「べつに嫌ではないです」

「へえ、ホントに？」

「何をにやにやしているんですか？」

レオンに青い目で睨まれるけど、思わずにやにやしてしまう。

思ったより、わたし、レオンに嫌われていないのかも。以前はもっとレオンは生意気で、わたしに楯突いていたけど、最近はそういうこともない。

レオンはむうっと頬を膨らませる。

「べつに俺はお嬢様のことが嫌いなわけじゃありません。それに……」

「それに？」

「フィル様のために必死で頑張るお嬢様は……ちょっといいなって思いますし」

あれ？

予想外に、直球で褒められてわたしは戸惑った。レオンをからかうつもりが……わたしが赤面してしまう。

ええと……。

わたしはなんて答えればいいか迷い……。

結局、話題を変えて逃げることにした。レオンもそれに乗った。

「あのね、フィルのことなんだけど」

「はい」

「セレナさんなら、わたしたちが焚き付ければすぐにでも、フィルの友達になってくれそうだけど……」

手っ取り早く、フィルの孤立問題を解決するなら、わたしたちが積極的に動くのが一番だ。

そう思って提案したのだけれど、レオンは首を横に振った。

「それはダメです、お嬢様」

「どうして？　ちょっとグイグイ行き過ぎたかもしれないけど……セレナさんにわたし嫌われちゃったかな？」

おそるおそるレオンに尋ねてみる。

わたしが気づかないところで、そんなことになっていたら、それは困る。前回の人生だって、周囲の状況に気が付かないまま、わたしは破滅していったわけで、そういうことがあってもおかしくない。

でも、レオンはそういうわけではないと言ってくれた。

「あまりお嬢様が手を出しすぎないほうが良いと思うのは、もっと別の理由です」

「別の理由？」

「これはお嬢様の問題ではなくて、フィル様の問題ですから」

レオンは真摯《しんし》な目でわたしを見つめていた。

わたしははっとした。

そうだ……。

フィルのために頑張らなきゃ！　と思うあまり、忘れていたけど、これはもともとフィルが解決すべき問題なんだ。

「ここで、お嬢様がすべてをお膳《ぜん》立てして、フィル様とセレナさんが仲良くなったとして……それに意味があるんでしょうか？」

「そうね。レオンの言うとおりだと思う」

わたしはうなずいた。セレナさんの気持ちはわかった。セレナさんに、素直にフィルと仲良くなってもらえるようにも促した。

あとはフィル自身の力で……セレナさんと仲良くなってこそ、意味がある。

「わたしが……いつまでもフィルのそばにいられるとは限らないんだものね」

「フィル様は……未来のリアレス公爵ですから」

「公爵にふさわしい人に……レオンの主人にふさわしい人になってもらわないといけないものね。うぅん、フィルならきっとなれる」

「はい」

わたしは……ずっとフィルのそばにはいられないかもしれない。

でも、レオンはリアレス公爵家を主家とする男爵家の跡取りだ。

これからもフィルを支えてくれるだろう。

レオンはわたしの言葉に優しく微笑んでくれた。

わたしもレオンに微笑み返す。

「レオンって……わたしが思ってたよりずっと大人ね」

わたしが感心して言うと、レオンがくすっと笑う。

「それはもちろん、お嬢様よりはずっと大人ですよ」

「また、そうやって生意気を言う……」

そういうことを言わなければ可愛いんだけれど。だいたい中身はわたしのほうが遥かに年上なのに。

でも、今はレオンのことを許してあげよう。

「ちょっとレオンのこと見直しちゃった」

「そ、そうですか?」

「ええ」

わたしが言うと、レオンはちょっと気恥ずかしそうにした。

さて、フィルに、セレナさんのことをそれとなく教えてあげよう。

そして、フィル自身が行動して、セレナさんと仲良くなってもらうんだ。

わたしは、仲間のレオンと一緒にフィルの教室へと向かった。

Ⅴ　学生決闘！

その翌日。

フィルとセレナさんはあっさりと仲良くなった。

あまりにもあっけなくてびっくりするぐらいだ。

わたしはフィルにセレナさんのことを教えてあげたのだ。

フィルはためらっていたけど、わたしが「きっと大丈夫」と励ますと、「うん」とうなずいてくれた。

その後はフィル自身の力だ。勇気をもってフィルは教室でセレナさんに話しかけた。

セレナさんもどぎまぎしながらも、でも、とても嬉しそうに、フィルとおしゃべりをするようになって、すっかり二人は友人になった。

これで良かった……はずだけれど。

わたしは胸が少しもやもやする。

これは……なんだろう？

ただ、この漠然とした不安を除けば、すべて順調だった。なんやかんやでもう一週間が経っている。

嬉しかったのは、セレナさんがフィルと仲良くなっただけでなく、わたしのことも慕ってくれるようになったことだった。

セレナさんはわざわざ上級生のわたしの教室にときどき来てくれる。

今日もすべての授業が終わった後、セレナさんがわたしの席に遊びに来ていた。

「ね、クレア先輩。今度、二人で王都に買い物に行きましょう！」

セレナさんが褐色の瞳をきらきらと輝かせ、わたしを見つめる。こんな可愛い子に、先輩、と呼ばれるのも悪くないかも。

ただ、慕ってくれるのは嬉しいのだけれど……。

「フィルと一緒じゃなくていいの？」

「はい。フィル様と一緒なのも楽しいと思いますけど……でも、クレア様と二人きりでお買い物もしてみたいなって。フィル様と一緒では行けない場所もあると思いますし」

フィルがいると行けない場所って……ど、どんな場所だろう？

ともかく、フィルの孤立問題は解決して、わたしの破滅も遠のいた……はずなのだけれど。

腕の赤い刻印は消えないままだ。魔女化の印が残っているということは、何か見落としがあるような……。

そのとき、ぱたぱたと足音がして、教室が少しざわめく。

振り返ると……そこには、フィルがいた。

とても慌てた様子でわたしに駆け寄ってくる。

そして少し涙目になっていて、わたしを上目遣いに見る。

「お、お姉ちゃん！」

「ふぃ、フィル！　どうしたの？」

息を切らしたフィルは、しばらく深呼吸してから、わたしに一枚の手紙を差し出す。

白い封筒は、すでに赤い封蝋が砕かれていた。その中身の一枚の便箋にわたしは目を通す。

わたしは読んでいくうちに、みるみる顔が青ざめていく。

「これ……」

フィルがうなずく。セレナさんはきょとんとした表情で、手紙を横から覗き込む。

そして、セレナさんもわたしたちと同じように、青ざめた。

それはフィルに対して決闘を申し込むと書いてあった。

いわゆる果たし状だ。

なんでフィルみたいなおとなしい子に決闘なんか申し込むんだろう？　……と思ったら、手紙に書かれていた理由は、セレナさんだった。

要するに、手紙の主は、フィルとセレナさんが仲良くなったことが気に食わないらしい。

差出人の名前は、男子生徒だった。

つまり……。

「セレナさんのことが好きな子が、フィルに決闘を申し込んだってことね！」

「ええっ、そうなんですか⁉」

セレナさんがびっくりしたようにのけぞる。

まあ、セレナさんからしたら、思いもよらないことになったのだと思う。でも、セレナさん本人にも言ったけど、セレナさんの自己評価が低すぎるだけで、全然おかしなことじゃない。

でも、困ったことになった。

決闘……。

もちろん、決闘と言っても、本物の剣を使って殺し合いをするわけじゃない。学生決闘《メンズーア》というものので、学園公認のルールで行われる。

木でできた剣で、互いに戦う。剣術の訓練を、試合にしたようなもので、なかばスポーツだった。

ただ、それでも怪我をする人がいないわけじゃない。

しかも、フィルは……そういう荒事をするには……優しすぎる性格だ。

どうしよう……。

相手の男子生徒を説得して決闘をやめさせる、というわけにはいかない。

一度申し込んだ決闘を取り下げることも、決闘を断ることも、名誉に反する行いだとされる。

だから、相手も決闘をやめられないし、フィルも決闘を断れない。

「どうしよう、お姉ちゃん？」

フィルが涙目でわたしを見上げる。

もともとはわたしがフィルとセレナさんを近づけたことで起きた問題だ。

なんとかしないと……。

そういえば……決闘といえば……。

わたしは、はっとした。

すっかり忘れていたけど、フィルが学園で決闘を行ったっていう事件は前回の人生でもあったはずだ。

あの頃は……フィルに関心がなかったから、理由は覚えていない。だけど、フィルがひどく負けて、怪我を負い、見物人から笑われるというひどい結果になっていたはずだ。

そのときのわたしはフィルを助けようともしなかった。その場にはいなかったけど、あとでその話を聞いて、「公爵家の恥曝しね」と言ってしまったと思う。

それはちょうど……入学から日が浅い、今ぐらいのことだった。

どうして、忘れていたんだろう……。

フィルを傷つけたことを無意識に思い出さないようにしていたのかもしれない。

ともかく、この問題を解決しなければ……きっとわたしも破滅する。

フィルとセレナさんが不安そうにわたしを見つめる。

わたしは二人に微笑んだ。

「大丈夫。わたしがなんとかするから」

そう言うと、二人はぱっと顔を輝かせた。うん。年下の子から頼りにされるのも悪くない。

とは言ったものの、決闘……か。

フィルを戦わせたくはない。仮にフィルが勝てるとしても、危険なことはしてほしくなかった。相手はフィルに敵意があるのだし、そういう状態で戦えば、わざとフィルを怪我させようとするかもしれない。

だからといって、決闘を断るのも問題だ。それはリアレス公爵家の名誉に関わるし、フィルの今後にも影響する。

とすれば、フィルの代わりに代理人を立てる必要がある。

決闘に代理を立てることは不名誉なことじゃない。リアレス公爵家の身内から選べばいい。

問題は……誰が代理人になるか、だ。

☆

ということで、リアレス公爵家の身内の生徒を集める必要がある。

そして、誰がフィルに申し込まれた決闘の代理人をするか、対策を話し合おう。

具体的にはわたしとフィルのほかに、アリス、シア、そしてレオンの五人だった。

わたしは不安そうなセレナさんの肩をぽんぽんと叩くと、別れを告げた。そして、フィルを連れて、みんなを集める。

アリスもシアもレオンも、すぐにみんな来てくれた。校舎二階の隅の空き教室に入る。

ほとんど授業でも使われていない場所で、埃っぽいけど仕方ない。わたしたちは夕日を背にしながら、教卓を囲むように並ぶ。

わたしが事情を説明すると、みんな深刻そうな顔をした。

「本当はぼくが戦うべきなんだろうけど……」

とフィルが小声で言う。

でも、それは現実的じゃない。わたしだけじゃなくて、アリスもそう言った。

「次のリアレス公爵として、フィル様に万一のことがあってはいけませんから」

そのとおり。

前回の人生では、フィルは誰も代理人を立てることができなかった。

それはフィルが孤立していて、しかも、公爵家のわたしが冷たい態度を取っていたからだ。

でも、今回は違う。

この中の誰かが、フィルの代理人になれる。

適任者は……。

アリスとシアの目線が……レオンへと向く。

レオンはびくっと震え、そして、顔を赤くして言う。

「お、俺が……代理人になりますよ！」

「たしかにレオンくんが代理人になるのが一番かもね」

とアリスがふふっと笑って言う。この二人はどちらも下級貴族出身の公爵家の使用人だ。

アリスが先輩、レオンが後輩、という間柄で、レオンはアリスに頭が上がらないらしい。

フィルはレオンの主人でもあるし、レオンが主人のフィルの代わりに決闘に出るのが王道だとは思う。

レオンは剣術の心得もある。レオンの生まれたマルケス男爵家は武門の家柄だ。公爵家の屋敷でも、剣術をみっちり仕込まれていると聞いている。

シアも目を輝かせて、レオンを見た。

「家臣が主人を守る騎士道という感じがして素敵ですね！」

アリス、シア、そしてフィルが期待のこもった目でレオンを見つめる。

三人はとてもレオンに期待している。

レオンは胸を張った。

「お任せください……必ずや俺がフィル様の敵を倒してご覧に入れます。……お嬢様も、それでいいですよね？」

黙ったままのわたしに、レオンが尋ねる。

その青い瞳はかすかに揺れていた。

途中まで、わたしもレオンに任せるつもりだったけど……気が変わった。

わたしは微笑んだ。

「せっかくだけど、代理人はレオンじゃないほうがいいわ」

「え？」

「フィルの代理として決闘するのは……フィルの姉であるわたしの役目だと思うから」

みんながぽかんとするなか、レオンが顔を真っ赤にした。

「お、お嬢様……俺には任せておけないということですか⁉」

「そういうわけじゃないけど」

わたしは肩をすくめた。

アリスが頬に指を当てて、「えーと」とつぶやく。

「たしか、お嬢様とレオンくんなら……お嬢様のほうが剣術の腕は上ですねえ」

「だいぶ前の話をしないでください！」

そう。お屋敷にいた頃、わたしはレオンと剣術の試合をした。

フィルがわたしの剣術の腕前を褒めてくれていて、それを聞いたレオンが「お嬢様には負けない！」と言って勝負を挑んできたんだった。

あの頃は、レオンはもっと生意気だった。

それで、結果はわたしの圧勝だった。

わたしはこれでも剣術は大の得意だった。

リアレス公爵家は武勇で身を立てた家で、その娘であるわたしも一通りの訓練を受けている。

もちろん実戦経験なんてないから、模擬試合のみの強さだけれど十分だ。

何でもそつが無くこなすことができた前回の人生の中でも、剣術は得意な方だったし、今回はやり直した分、経験値も上がっている。

いくらレオンも剣術の修練を重ねているといっても、まだ十二歳の少年だ。

わたしには勝てない。

「い、今はお嬢様よりも俺のほうが……」

とレオンは強がってみせる。

べつにわたしのほうがレオンより強いと証明したいわけじゃない。

そして、それが理由で、わたしがフィルの代理人をするわけじゃない。

「もしかしたら、強いかもね。でも、わたしがフィルの代理人をしたいの」

「ですが、お嬢様が万一怪我をされては……」

「大丈夫。死ぬわけじゃないし。それに、レオンなら怪我をしてもよいというわけじゃないでしょう?」

レオンはぐっと言葉に詰まった。

もともと公爵家の次期当主であるフィルに怪我を負わせないために代理人を立てるわけで。

そこでフィルの姉で、王太子の婚約者が代理人になっても、ある意味本末転倒なのだけれど。

実際に、シアはすごく心配して反対してくれた。フィルも「お姉ちゃんが危ない目にあうぐらいだったら、ぼくが出る」と言い張ってくれて嬉しい。

アリスだけは、わたしと同じことに気づいたのか、何も言わずに微笑んだ。

結局、わたしは無理やりみんなを納得させて、その場を解散させた。

そう。これでいい。

決闘なんて……ちょっと怖いけど。

でも、前回の人生みたいに、破滅して、処刑されて、誰からもいらないなんて言われることに比べれば……ちっとも怖くない。

わたしが自分の部屋へ戻る途中、レオンだけがわたしを追いかけてきた。

振り返り、わたしは廊下でレオンと向き合う。

「どうしたの、レオン？」

「どうしたもこうしたもないですよ！　どうしてあんなことを言い出したんですか？」

青い瞳を怒りに燃やし、レオンがまっすぐにわたしを見つめる。

わたしはレオンの端整な顔を見て、微笑んだ。

「だって、レオン、怖がっていたもの」

「え？」

「足が震えていたし、瞳も揺れていたし……表情もとっても怯えていたから」

「ど……どうしてわかったんですか？」

「レオンとは長い付き合いだから。気づかないほうがおかしいと思うの」

フィルやシアは気づかなかったみたいだけど、わたしはレオンが恐怖していることに気づいた。

レオンは十二歳の子どもで、そんな子が決闘に参加するとなれば怖くなって当然だ。

しかも、フィルの名誉をかけて戦うわけだから、もし万一負けたら……とも思うだろう。

「そんな子を無理やり戦わせるわけにはいかないもの」

「無理矢理なんかじゃ……」

「でも、わたしがあそこで強引に主張していなければ、レオンは断れなかったんじゃない？」

うっとレオンが言葉に詰まる。

あれだけフィルやシア、アリスの期待の視線を受けていれば、きっとレオンは断れなかったはずだ。

レオンは責任感の強い……良い子なのだから。

「余計なことをして、レオンの気持ちを傷つけたなら、ごめんなさい」

「……謝らないでください。俺が……怖がっていたのは本当ですから。自分が……情けないです」

レオンは、小さくつぶやいた。

いつもは生意気で、わたしに楯突くレオンが、弱々しくうつむいている。

わたしはそっとレオンのきれいな金色の髪を撫でた。

レオンが驚いたように、跳ねるように顔を上げる。

「安心して。わたしが必ず決闘には勝つから」

「ありがとうございます……お嬢様」

「それでね、レオンにはやってほしいことがあるの」

レオンは首をかしげ、そして、わたしはそんなレオンに微笑んだ。

☆

いよいよ決闘の当日になった。

学生決闘のルールに則って、わたしと相手の子は、正午に学園の広場で戦うことになる。

立ち会い人だけじゃなくて、大勢の見物人も来るはずだ。

学生決闘は学園のちょっとしたイベントだ。みんな退屈しているから、良い娯楽になる。

自分でいうのもあれだけれど、王太子の婚約者であるわたしが戦うという時点で、話題性抜群だ。

相手はバリエンテ子爵家の次男コンラドという男子生徒。

一年生の子だ。

少なくとも事前に調べた限りは、剣の天才みたいな話は聞かない。

もしかしたら代理人を立てるかもしれない。

でも、バリエンテ子爵家自体、サグレス王子一派の宮廷貴族の一人だというけれど、新興の弱小貴族だ。

強い代理人を探してきて、立てる力はないと思う。

わたしは口笛なんて吹きながら、控室代わりの教室で待機する。

剣術の訓練用の木剣《ストリア》は、屋敷から持ってきたものがある。

剣といっても、とても細長くて軽い棒のようなものだ。ただ、これで戦っても怪我をするときは怪我をする。

そうならないためにも服装が大事だ。

剣術用の、動きやすくて、かつしっかりと体を防護できる服装も用意した。

普段はスカートの服ばかり着ているから、これはこれで新鮮だ。

あとはレオンが来るのを待つばかりだ。

レオンにはわたしの介添人を務めてもらう。

決闘は、決闘をする人間だけじゃなくて、それぞれに介添人がつく。

ルールどおりに決闘が行われていることを確認して、万一のときには決闘者を助ける役目だ。

それをわたしがレオンに頼んだのは……我ながら意外なのだけれど、レオンのことを信頼しているからかもしれなかった。

がちゃん、と扉が開く。

レオンがやってきたのかと思ったら、フィルだった。

「フィル！」

わたしは嬉しくなって、立ち上がる。

さっきまで、フィルやシア、アリスたちから励ましと心配の言葉を受けていたばかりだ。

それでもフィルに会えるというだけで嬉しくなってしまう。

フィルがとてとてとわたしのもとにやってきて、わたしを見上げた。

「どうしたの？」

「やっぱりお姉ちゃんが心配で……」

フィルはそう言って、顔を赤くして、視線をそらした。

自分の代わりに、わたしが戦うということで、罪悪感を持っているんだと思う。

フィルが心配してくれるのは嬉しいけど、そんなふうに暗い表情をしてほしくはない。

わたしはくすっと微笑んだ。

「大丈夫。わたしなら、楽勝だから」

「本当に？」

「ええ。フィルとセレナさんに文句をつけた敵なんて、一瞬で倒しちゃうんだから！」

「……うん」

そう言うと、わずかにフィルは顔をほころばせた。

さあ、フィルのために頑張らなくっちゃ。

そうしていたら、またノックの音がした。

どうぞ、というと、はいってきたのは、驚いたことに王太子のアルフォンソ様だった。

急いでやってきたのか、息をきらしていて、ぜぇぜぇと荒い呼吸をしている。白いマントがめくれていて、金色の髪が揺れる。

だいぶ慌てた様子だけど……。

「どうしたんですか、アルフォンソ様？」

「どうしたもこうしたも……クレアが決闘に出ると聞いて慌ててやってきたんだ！」

あ……。

しまった！

アルフォンソ様には一言も相談していなかった。

「えっと……心配してきてくれたんですか？」

「当然だ！」

「そ、それは……ありがとうございます」

「一言、相談してくれても良かったのに……」

アルフォンソ様はすねたように、青い瞳でわたしを見つめた。

どうしよう……？

すっかりアルフォンソ様のことを忘れていたなんて、とても言えない！

わたしは微笑んだ。

「すみません。……でも、必ず勝ちますから、安心してください」

「だけど……」

「アルフォンソ様は、婚約者のわたしが勝つと信じてくださらないのですか？」

ちょっとからかうように、問いかけてみる。

アルフォンソ様は困ったような顔をして、うつむいた。

「その言い方は……卑怯だ。もちろん、僕はクレアが勝つと思っているさ。だけど万一怪我をしたらと思うと……心配でたまらないんだ」

そんなにアルフォンソ様がわたしのことを心配してくれているとは思わなかった。

わたしがそう言うと、アルフォンソ様は頬を膨らませた。

「当たり前だろう。……クレアは……その……僕の妻となる人なんだから」

アルフォンソ様は、頬をぽりぽりとかきながら、顔を真っ赤にしてうつむいた。

えっと……そうだ。たしかにわたしはアルフォンソ様の婚約者で、学園を卒業すればアルフォンソ様の妃ということになる。

前回の人生では、わたしはそうなることを疑わなかった。でも、実際にはそうならずに処刑されてしまったわけで……。

今回は、そのことをすっかり意識していなかった。

アルフォンソ様がわたしのことを心配してくれているのは嬉しいけど、でも、ちょっと気恥ずかしいな。

わたしがどう答えようか困っていると、フィルがわたしの袖を引っ張った。

フィルはじーっと黒い宝石みたいな瞳でわたしを見つめている。

「お姉ちゃんのことを心配しているのは、ぼくも同じだよ」

「えっと……うん」

フィルが何を言いたいのかわからず、わたしは首をかしげる。

アルフォンソ様に対抗しているんだろうか。

「ううん、弟のぼくのほうがずっとお姉ちゃんのことを心配しているんだもの」

やっぱり……対抗しているみたいだ。

アルフォンソ様がそれを聞いて、青い瞳を見開く。

「そんなことはないさ。婚約者の僕のほうがずっとクレアのことを心配している」

むっとフィルはアルフォンソ様を見上げる。

「ぼくはお姉ちゃんの家族だけど、殿下はお姉ちゃんの家族じゃありません」

「だが、いずれ家族になる」

アルフォンソ様は恥ずかしいことをさらっと口にして、わたしは思わず頬を赤くする。

その後もフィルとアルフォンソ様の二人は「弟のほうが」「婚約者のほうが」と言い争っていた。

この二人も……最初に会ったときと比べたら、ずいぶんと仲良くなったなあ。

その後も、シアやアリスたちがやってきて、急ににぎやかになった。二人ともやっぱり、わたしのことを心配してくれている。

フィル、アルフォンソ様、シア、アリス、それにレオン。

みんなわたしの味方だ。

前回の人生では、フィルとアルフォンソ様やレオンはわたしの敵だった。シアとは絶交してしまい、アリスはこの世にいなかった。

そう考えると、今はとっても、素晴らしい状況だ。

このまま……破滅も回避できるといいのだけれど。

まあ、ともかく決闘をなんとかしないとね。

わたしは、それほど深刻に決闘のことを考えていなかった。

対戦相手のことを知るまでは。

決闘の場。

学園の広場に、わたしはレオンと一緒に立っていた。フィルはわたしたちの少し後方にいる。

「いよいよね、レオン」

「はい。……お嬢様、ご武運を」

レオンが青い瞳でじっとわたしを上目遣いに見る。

わたしは微笑んだ。

「ありがとね、レオン」

わたしがぽんとレオンの肩に手を置くと、レオンは恥ずかしそうな顔をした。

フィルは決闘の本人、わたしが代理人、レオンが介添人だ。

そして、相手方は、まず、決闘を申し込んだコンラド・ラ・バリエンテがいる。くすんだ茶髪と茶色の目の平凡な見た目だ。

セレナさんに好意を持っていて、フィルに対抗心と敵意をもって決闘を申し込んだはず……なのだけれど。

まったく覇気がなく、ぼんやりとした目つきでわたしたちを眺めている。

フィルを見る目にも、まったく敵意がなかった。

……？　どういうことだろう？

コンラドという男子生徒の様子に違和感を感じた。けど、それより問題だったのは残りの二人だった。

決闘の代理人は、背の高い一年生の男の子だった。

フィルと同じ黒髪黒目だけど、雰囲気はまるで違う。目つきが鋭いし、にやりと笑うと、獰猛《どうもう》とも言えるような威圧感を放つ。

南方の血が混じっているのか、顔つきも外国風で、肌の色も褐色だった。

十二歳にしては体格もがっしりしているし……これは強敵かもしれない。

「私はカルメロ・ラ・フランコです。次の王妃様とお手合わせ願えるとは光栄ですな」

「え、ええ……」

手強そうな相手だ。警戒しないといけない。

でも、わたしの注意を引いたのは、最後の一人。相手方の介添人だった。

その男子生徒は、わたしも名前を知っていた。同学年の生徒だ。

赤髪に、金色の輝く瞳。とても目立つ容姿だ。

背もスラリと高くて、かなりカッコいい。

ただし、着ている服は、学園の標準服ではない。

白を基調にしたマントを羽織り、澄んだ青色の豪華な服を着ている。

それは……アルフォンソ様の着ている服の、赤と青を入れ替えたような服だった。

その服には、王家の証である金色の模様が織り込まれていた。

彼は、わたしににっこりと、無邪気な笑みを向けた。

「やあ、知っていると思うけど、オレはサグレス・エル・アストゥリアス。あんたの婚約者の弟だ」

ははは、と笑った彼は、第二王子サグレスだった。

……わたしは驚きで声も出なかった。

たしかにバリエンテ子爵は、第二王子サグレス派の貴族だ。

だからといって、有力な貴族というわけではないし、その子息がサグレス王子と特段親しいという話も聞かない。

まさかサグレス王子が出てくるなんて、夢にも思わなかった。

サグレス王子はわたしに片目をつぶってみせる。

そして、見物人たちに、軽く手を振った。

そう。

サグレス王子は人気者だった。

アルフォンソ様も人望がないわけじゃないし、優秀で完璧だけど、大人気というわけじゃない。

それはわたしも同じで、有名人ではあるし、一部に慕ってくれる人もいるけど、でも学園の生徒のあいだで熱狂的な支持を受けているかといえば、そうではない。

けどサグレス王子は、崇拝者ともいうべき生徒たちがたくさんいる。

生まれついての魅力なのか、サグレス王子には不思議なカリスマがあった。

アルフォンソ様が、後継者の地位を奪われると恐れるのも、わかる気がする。

「どうして……サグレス様が……」

「友人が困っていると聞けば、一肌脱ぐのが世の習いってわけでね。本当はオレ自身が戦うつもりだったんだが……止められてしまったからな」

それはそうだろう。

子爵の子息の代理人に、王子が立つなんて前代未聞だ。

それに、友人、というけれど、コンラドとサグレス王子がそんなに仲が良いなんて話は聞かないのだ。

弟のために戦うわたしとは事情がまったく異なる。

わたしは頭を回転させた。

このカルメロという強そうな生徒も、サグレス王子が手配したに違いない。

なら、何のために?

わたしは理由に思い至った。

……客観的にみれば、わたしはアルフォンソ様の仲間だ。わたしはアルフォンソ様の婚約者だし。

フィルもアルフォンソ派と思われることは変わらない。

リアレス公爵家は、アルフォンソ様が王位後継者となることを支持している。

つまり……。

サグレス王子はにこにことしていたけれど、金色の瞳で鋭くわたしを見つめた。

「そう。これは政治だ。オレたちが決闘で、リアレス公爵家をボコボコにすれば、あんたらは馬鹿にされることになるだろうな。武門の家の名が泣くことになる」

「そうすれば、アルフォンソ様の評判も落ちるということですね?」

「ああ、そうさ」

アルフォンソ様はあまり強い後ろ盾がない。そんななかで、リアレス公爵家は、アルフォンソ様にとって最大の味方だった。

そのリアレス公爵家の評判を落とせば、たしかにアルフォンソ様にとっても不利なことになる。

だけど……。

「そんな権力闘争を学園に持ち込む必要はないと思うのですけれど?」

「学園こそが、闘争の場なんだよ。オレも兄上も、この学園の生徒だからな。そして、ここの学園の生徒はみな貴族で、有力な貴族の子弟はたいていこの学園にいる。未来の王国の指導者が揃い踏みってわけだ」

たしかに、この学園はそういう場所だ。未来の王国を担う人々を集めて、教育を施す。

ここでの交流が、将来につながるのだ。

だからこそ、わたしはフィルにこの学園で友人を作ってもらわないといけないと思った。

逆に言えば、この学園で、サグレス王子とその一派がより一層の支持を受け、アルフォンソ様とわたしたちが評判を落とせば、サグレス王子が次の国王となる可能性は高くなる。

その政治抗争の一つとして、この決闘は仕組まれた。

コンラドの不自然な覇気の無さも当然だ。彼自身には決闘を挑む動機はなかったんだから。

アルフォンソ様が王太子だから、わたしはこの決闘に巻き込まれたってことなんだ……。

ってことは……。

いや、べつに……アルフォンソ様が悪いわけじゃないけど……微妙な気分になる。

サグレス王子はそんなわたしの内心を知ってか知らずか、微笑む。

「あんたとは一度、じっくりと話してみたいと思っていた。面白そうな人だと思ってたからね。まさか決闘にやってくるとは思わなかったが……」

わたしとサグレス王子は、宮廷で一度か、二度顔を合わせて儀礼的な挨拶をした程度の交流しかない。

それは前回の人生でも同じだ。あの頃は、むしろアルフォンソ様の脅威になると思って、サグレス王子のことを警戒していた。

サグレス王子はちらりとわたしの背後を見る。

後ろにはフィルがいるはずだ。

「……弟のことが大事なんだな」

「はい。フィルは……わたしの最高の弟ですから」

「羨ましいよ。オレと兄上のあいだでは、ありえない関係だな」

サグレス王子は真顔で小さくつぶやくと、やがて笑顔を取り戻した。

「さて、クレア・ロス・リアレス嬢。オレの仲間のカルメロは強いぜ。なんといっても、俺にあと一歩で勝てるぐらいだった」

「さぞ優れた腕前を持っているのでしょうね。サグレス殿下が強いという前提があってこそですけれど」

「ははは。そのとおりだ。そして、オレは強い」

その言葉に嘘はないと思う。

サグレス王子といえば、前回の人生では、強豪揃いの学園の剣術大会でも優勝していたはずだ。

「逃げ出すなら今のうちだぜ？　たぶん、あんたの腕ではカルメロには勝てないからな」

そう。わたしでも、きっと楽勝というわけにはいかないはずだ。

だけど、負けるとは思わない。やり直したわたしの経験値をなめないでほしい、と心の中でつぶやく。それに……。

わたしは首を横に振った。

「セレナさんのことが理由で、決闘を申し込まれたなら、まあ、仕方ないかなと思っていました。可愛らしい理由ですし、わたしのせいでもありますし……ですが……」

実際の決闘の理由は、サグレス王子が、コンラドを利用して、フィルを辱めようとしたことにあった。

アルフォンソ様との王位継承権争いのために。

そんなくだらない理由で……わたしの弟を傷つけようとしたのなら。

許せるはずがない！

「フィルのために、アルフォンソ様、そして、わたし自身のために。この勝負、勝たせていただきます」

「いい度胸だ」

サグレス王子の言葉と同時に、カルメロがにやりと笑い、細い木剣《ストリア》を構える。

わたしも、木剣を手にとった。

「レオン！」

わたしの言葉に、隣のレオンがはっとした顔をする。レオンには、介添人として勝負の開始を宣言してもらわないといけない。

レオンは剣呑な空気に呑まれたのか、青ざめていた。

レオンは小声でわたしに言う。

「ほ、ホントに勝てるんですか？　相手の人、めちゃくちゃ強そうですよ」

「大丈夫」

「ですが……」

「たまには主人のわたしのことを信じてほしいな」

わたしが冗談めかして言うと、レオンは口をぱくぱくさせ、こくりとうなずいた。

そして、レオンはサグレス王子に、とてとてと歩み寄る。

レオンはサグレス王子に圧倒されているようだった。

小さな声でレオンは告げる。

「これより……神の名に誓って、コンラド・ラ・バリエンテの代理人カルメロ・ラ・フランコと……フィル・ロス・リアレスの代理人クレアの勝負を始めます」

サグレス王子はその言葉に、短く「よろしい」と応じた。

決闘開始だ！

わっと、見物人たちの歓声が沸く。

勝負は三回。先に二回相手を倒したほうが勝者となる。

わたしは木剣を下段に構え、そして両足を開く。

カロリスタ流の剣術で「星月」と呼ばれる王道の構えだ。

対して、カルメロという少年は、剣をまっすぐに前に突き出し、右足を軽く前に出す。

不思議な構えだ。

あまり見たことがない。ダンスでも踊るみたいな格好で、まるで剣の素人のような感じだ。

けれど、わたしが剣を振るって攻撃しようとすると、意外にも攻めにくい。

ひらひらと踊るように、円形の動きでカルメロはわたしの攻撃をかわしていく。常にカルメロは足を止めずに動いていて、剣そのものが盾のように立ちはだかる。

なにか……特殊な剣術なんだろうけど、正体がつかめない。

防御中心の剣術のようだ。

このままではこちらがジリ貧だった。

……なら、賭けに出るしかない！

わたしは、横へと足を動かし踏み込む。

回り込んで、剣をかわし、横から斬撃を入れるしかない。

ところが、わたしの攻撃は読まれていた。

わたしの進行方向にあわせて、カルメロの剣がひらりと舞う。

そして、わたしは腹部をしたたかに打たれた。

「ぐっ……」

思わず悲鳴を上げそうになるけど、我慢だ。

これぐらいなら、耐えられないほどじゃない。

でも、わたしは痛みに、その場に倒れ込んだ。

一戦目はわたしの負けのようだった。

カルメロが冷たい目でわたしを見下ろす。

「なかなかの腕前ですが、私には勝てませんよ。降参するなら今のうちですが」

「……冗談じゃない！」

「手加減はしませんから、怪我をしても知りませんよ？」

カルメロはわたしをあざ笑った。悔しい……。

でも、こんなやつに負けるわけにはいかない。

次の試合まで短い休憩となる。

「お姉ちゃん……！」

フィルが駆け寄ってくる。その後ろからレオンも顔を青ざめさせてやってきた。

フィルはかがみ込むと、わたしの顔を覗き込んだ。

その目は涙に潤んでいた。

……心配してくれているんだ。

わたしは微笑んだ。

「すぐに泣いちゃダメ。それに、わたしは平気だから」

「でも、お姉ちゃん、とても痛そうにしていたし……」

「こんなのなんてことない。ちょっぴりびっくりしただけ」

これは強がりだけど、でもフィルの前では、いつでも頼れる姉でいたいのだ。

わたしはフィルの涙を指先でぬぐう。フィルはふるふると首を横に振った。

「お姉ちゃんが危ない目に遭うなんて嫌だよ。もうやめよう？」

「ううん。わたしは諦めるつもりはないの」

「でも、ぼくのためにお姉ちゃんが……」

「もちろん、フィルのためにわたしは戦ってるけど、でもね、わたし自身も戦いたいの。だって、わたし、あの人達に腹を立てているから」

そう。わたしはフィルを罠にかけようとしたサグレス王子たちを許すつもりはない。

ここで勝って、向こうに恥をかかせなければ気がすまない。

レオンも申し訳無さそうに、目を伏せていた。

「申し訳ありません、お嬢様。本来なら……俺が戦うべきなのに……」

「いいの。わたしが言いだしたことなんだし」

「……お嬢様は怖くないんですね」

「そうかな」

まったく怖くないわけじゃないし、カルメロとの次の戦いでは怪我を負うかもしれない。

まあ、処刑されるのに比べたら、どうということはない、ということもあるし……不思議とわたしはそれほど怖くなかった。

「怖がっている様子が……お嬢様にはまったくありませんから。お嬢様は……とても……勇気があるんですね。俺とは違って」

恥ずかしそうにレオンはうつむく。

レオンから褒められるのは、ちょっと気恥ずかしい。普段衝突しているからこそ、だ。

「もっと褒めてくれてもいいよ」

わたしはからかうようにレオンに言う。てっきり、レオンは「べつに褒めているんじゃないです」と突っかかってくるかと思った。けど、レオンは何も言わず、うつむいたままだった。

自分が戦わない罪悪感をまだ感じているんだろう。

わたしはくすっと笑って、レオンの金色の前髪をそっと撫でた。

レオンはびっくりしてわたしを見上げる。

「レオンもきっと勇敢な人になれるわ」

「そうでしょうか」

「自分が臆病なことを自覚できる者のみが、真の勇者になれる。初代リアレス公爵の言葉、知っているでしょう？」

レオンはうなずいた。リアレス公爵家の身内ならみんな知っている言葉だ。

レオンはまだ十二歳の子どもだ。これから成長して、勇気を手に入れる。

「だから、今はわたしに任せておいて」

レオンは「はい」と小さくつぶやいた。

そして、レオンは表情を和らげた。

「あの……お嬢様」

「なに？」

「そろそろ髪を撫でるの、やめていただけませんか」

「いいじゃない。レオンの髪って、とても柔らかくて、撫で心地も良いし」

「や、やめてくださいって。みんな見てますよ！」

そういえば、大勢の見物人がいるんだった。

わたしも頬を赤くして、周りを見回す。

みんなくすくす笑っていたけど、その表情は温かかった。ただし、見物人の中にいるシアだけは、なぜかレオンを睨んでいたけど。

ともかく、勝つ方法を探す必要がある。

あの不思議な剣術は……なんだろう？

見たことがないし、カルメロの異国風の見た目からしても、外国の剣術なのかもしれない。

「……お姉ちゃん、あのね」

「どうしたの、フィル？」

「ぼく……あの剣術、知っているかもしれない」

「本当に⁉」

わたしが身を乗り出したので、フィルはびっくりしてしまったみたいだった。

……いけない。フィルを驚かせないようにしないと。

フィルはどぎまぎした様子で、とつとつと語りはじめた。

「あれはシルヴァニアの剣術だと思う」

「シルヴァニアって……西方の島国の？」

「うん。剣術の本で読んだことがあるんだ」

シルヴァニア流剣術というのは、円を描くように移動して、防御に徹するらしい。そして、相手の隙を見て、反撃に転じる。

フィルは詳しく説明してくれた。

「さすがフィルね。本の内容をそんなに正確に覚えているなんて」

「王家の屋敷にいたときに読んだ本なんだ。そのときは……他にすることがなかったから」

フィルは王家の屋敷にいたときはひとりぼっちで、誰も味方がいなかった。

だから本にのめり込んで、普通は読まないような本も屋敷に置かれていれば読んでいたという。

何気ない一言で、フィルが孤独だった頃の、嫌な記憶を思い出させてしまったかも。

わたしは心配になったけど、フィルは微笑んでくれた。

「今はいっぱいすることがあるから。だって……お姉ちゃんがいてくれるし」

フィルが目を輝かせて、そう言ってくれる。

うん、やっぱり……フィルは可愛い。

わたしはフィルを抱きしめようとして……かわされた。

「お、お姉ちゃん。こんなみんながいるところで抱きしめたりしないでほしいな」

「……ごめんなさい」

フィルはくすっと笑った。

剣術の正体はわかったけど、でも、どう対策すればいいのだろう？

それも、フィルが教えてくれた。

フィルはそっとわたしに耳打ちした。

本に書かれていた内容によれば……。

わたしはその対策を聞いて深くうなずいた。

うん。その方法でやってみよう。

「ありがとう、フィル。おかげでたぶん勝てるような気がする」

そして、わたしはレオンの方を向く。

「さあ、次の戦いね」

「はい。お嬢様」

レオンの青い瞳は、わたしをまっすぐに見つめていた。

そして、わたしは立ち上がった。

カルメロは「へえ」とつぶやく。

「戦うんですか」

「最初からそう言っているでしょう？」

「意外だな。だが、あなたでは私には勝てない」

「やってみなければわからないと思うのだけれど」

カルメロはにやりと笑みを深くした。

わたしはその黒い瞳を見つめる。

大丈夫。

勝てるはずだ。

ふたたび、決闘が始まる。

カルメロは剣をさっきと同じようにかまえ……。

そして、わたしは決闘開始すぐに、カルメロのそばへと飛び込んだ。

「なっ……」

懐に飛び込まれたカルメロは身を守ろうと剣を引く。

だが、それより先に、わたしの剣が、カルメロの剣を捉えた。

力いっぱいにわたしは剣を叩き込む。

カルメロは剣を取り落した。

慌てて剣を拾おうとするカルメロの首筋に、わたしは剣を突きつける。

「勝負あり。そうでしょう？」

決闘のルールでは、首筋に剣を突きつけられたら、負けである。

わたしは短時間でカルメロに勝利した。

シルヴァニア流剣術は、防御の剣術だ。独特の足さばきで、持久戦に持ち込むことを目的としている。

その対策は……先手必勝。相手が防御の流れを汲む前に、剣自体を攻撃すればいい。

わたしは身のこなしも速いし、カルメロを倒すことができた。

フィルの知識とわたしの剣術の両方があってこその勝利だ。

カルメロは呆然としている。

わっ、と観客の歓声が沸いた。

わたしの勝利で決闘はとても盛り上がっていた。

ふふっとわたしは笑う。

「あんなに自信たっぷりだったのに、負けたわけね」

わたしが意地悪にカルメロに言うと、彼は悔しそうにした。

次に、サグレス王子に視線を移す。てっきり慌てているかと思ったけれど、サグレス王子は冷静で、むしろ面白そうに、わたしを見つめていた。

サグレス王子は、カルメロに近寄る。

「いやあ、いい負けっぷりだった。カルメロ」

「も、申し訳ございません。しかし、次は必ず……勝ってご覧に入れます」

そう。三戦目がある。

ここで勝たなければわたしの勝利は決まらない。

カルメロの剣筋もわかったし、勝てるとは思うけれど、絶対ではない。さっきみたいな先手必勝にも対策してくるだろうし……。

サグレス王子は、わたしに問いかける。

「次も勝つつもりかい？」

「もちろん」

「あんたは強いな。その強さはどこから来る？」

「わたしはフィルの最強の姉だもの。だから、負けないの」

わたしはサグレス王子の金色の目を見つめ、そう答えた。

サグレス王子は、「そうか」とつぶやく。

その金色の目は、何か深く……とても昏いものを宿しているように見えた。

やがて、サグレス王子はにっこりと笑った。

「今回はオレたちの負けだな」

わたしは一瞬、サグレス王子の言葉が飲み込めなかった。

降参、ということらしい。

信じられない。

もちろん、わたしは負けるつもりはない。でも、客観的に見れば、最後の戦いでカルメロが勝つ可能性は十分にあった。

なのに、サグレス王子は、あっさりと負けを認めてしまった。

「帰るぞ、カルメロ、コンラド」

「しかし、殿下。私はまだ……」

反論しかけたカルメロを、サグレス王子はちらりと見た。その目はひどく冷たくて……恐ろしかった。

口答えは許さない、ということだろう。

カルメロはぴたりと口を噤み、冷や汗をかいていた。

それまで、黙っていたコンラド少年は、うやうやしく胸を手に当て、「すべては殿下の意のままに」と述べる。

サグレス王子は満足そうにうなずくと、わたしに手を差し出した。

「あんたには敬意を表するよ。オレ自身もあんたと戦ってみたいものだな」

「そんな機会があれば、ですけど」

わたしはサグレス王子の手を握る。その手はとても冷たかった。

「機会はすぐにあるさ」

そう言うと、サグレス王子はわたしの手を離し、微笑んだ。

そして、立ち去っていく。

わたしは勝った、ということみたいだった。そんなわたしの胸に訪れた思いは……。

「つ、疲れた……」

わたしはへなへなとその場に倒れ込んだ。

心配したレオンがわたしのもとに飛んでくる。さらにシアやアリス、アルフォンソ様たちも、わたしに駆け寄ってきてくれた。

決闘は終わったから、介添人のレオン以外も、そばに来られるようになったのだ。

見物人たちも次々にわたしを誉め称える言葉をかけてくれる。

でも、わたしにとってのもっとも嬉しい称賛は……。

「お姉ちゃん……すごくかっこよかったよ！」

「ありがとう、フィル。でも、勝てたのはフィルのおかげね」

フィルはふるふると首を横に振った。

「お姉ちゃんが強かったからだよ。……今度は、ぼくも強くなって、自分で勝てるようになりたいな」

「フィルならきっとなれるわ。だって、わたしの弟なんだもの」

そう言うと、フィルはとても嬉しそうに微笑んだ。

「……ぼくのために戦ってくれてありがとう、お姉ちゃん」

そして、フィルは天使のような、屈託のない笑みを浮かべた。

これからも……わたしは、フィルにとっての最強で最高の姉でいられるだろうか。

それはこれからの学園生活にかかっている。

臆病な私：con Serena los Maroto

マロート伯爵家という名門の家に生まれ、私はとても両親に可愛がられた。

セレナは可愛い、可愛いと言われ、愛され、何不自由なく暮らしたと思う。

使用人たちもみんなわたしには親切だった。

でも、それはマロート伯爵家の令嬢だからで……。

マロート伯爵家の屋敷から、一歩でも外に出たら、どうすればいいかわからなくなってしまう。

他の家でのお茶会や舞踏会に参加しても、わたしは孤立してしまった。

お父様も、お母様も、「すぐに慣れるさ」と笑っていたけど……でも、私にはそうは思えなかった。

私はマロートの屋敷の中でしか生きられないし……存在価値もないんじゃないかな。

そんなふうに思っていた。

それでも、私は貴族の娘の一人として、お父様たちの勧めで、王立学園に入学した。

ふたりとも王立学園の出身で、そこで出会ったのだという。

学園は全寮制で……屋敷を離れないわけにはいかなかった。

お父様もお母様も、私にずっとお屋敷にいてほしいといって嘆いたけれど……。

二人はやっぱり私を学園に入れる考えは変えなかった。

「きっとセレナにも、尊敬すべき友人がたくさんできるさ」

お父様はそう言ってくれたけど、でも、私はそうは思えなかった。

こうして、私は怯えながら、学園に入学した。

でも、私は予想通り、孤立してしまった。

クラスには馴染めなくて……ひとりぼっちになってしまったのだ。

私はいつもおどおどとしていて、肩身が狭くて……。

そんな中で、私はフィル様に出会った。

フィル様は王国の七大貴族の跡継ぎで、しかも舞踏会でもとても華やかに踊っていた。だから、そんなフィル様は目立っていて、かえって他の人を寄せ付けない空気になってしまったのかもしれない。

だから、そんなフィル様も私と同じでひとりぼっちで……でも、とてもきらきらとしていた。

飛び級で入学するぐらい優秀だというフィル様は、容姿も優れていて、とても可愛らしく、かっこよかった。

同じひとりぼっちでも、フィル様が物憂げに窓の外を見ると、様になる。

私がフィル様に憧れるようになるのに、時間はかからなかった。心の中で、私はフィル様と自分を重ね合わせて、ひとりでもいいいんだと思った。

でも……。

フィル様にはクレア様という姉がいた。

その姉が教室にやってくると、フィル様はぱっと顔を輝かせて、跳ねるようにクレア様に近づいていった。

普段は見せない、フィル様の表情に私は驚く。

フィル様の嬉しそうな顔を見るだけで……フィル様が姉のクレア様のことを大好きなのがわかった。

私はそれを見て……複雑な気持ちになった。

もちろん、フィル様と仲良くするクレア様に対する嫉妬もあったけれど。

でも、それ以上に、フィル様が一人じゃない、ということに気づいてしまって、衝撃だった。

私には同じ年頃の仲間なんて一人もいない。でも、フィル様にはあんなに仲の良い姉上がいるんだ……。

そう思うと、私は……やっぱり、自分だけが一人なんだと感じた。

しかも、クレア様はフィル様に友達を作るつもりだと言う。

私は思わずクレア様を屋上に呼び出し、そんなことはやめてほしい、と言ってしまった。

フィル様は一人だからこそ良いのに……。一人だからこそ、私との共通点もあるのに。

そんな私の勝手な訴えに、クレア様は微笑んだ。

「あのね、セレナさん。わたしもね、このままフィルがひとりぼっちだったらいいな、って思いがないわけじゃないの」

私は予想外の言葉に驚いた。

クレア様は続ける。

「フィルが一人だったら、ずっとわたしがフィルを独り占めできるじゃない？　そう思ったの。でもね、やっぱりそれは違うんだって気づいた」

「どういうことですか？」

「フィルはきっとそんなのは望んでいない。わたしだけじゃなくて、もっと多くの人と仲良くなれる。だって、フィルはあんなに良い子なんだもの」

「……そうですね」

「わたしは、フィルにもっとたくさんの人と仲良くなってほしいの。そして、みんなにもフィルの魅力を知ってほしい！」

クレア様は花が咲くような素敵な笑みを浮かべた。

「あんなに可愛くて、頭も良くて、そしてとても優しい子をわたしが独占していたら、きっと神様からの罰が当たるもの。わたしはフィルのことが大好きだから、みんなにもフィルのことを知ってもらいたいの」

私はクレア様を上目遣いに見た。

まるで……私は自分の思いを否定されているように感じた。

そして、きっと……私が間違っているということも、わかっていた。

私はクレア様に尋ねる。

「私が間違っている……ということですか？」

「そういうわけじゃないわ。あなたがフィルのことを好きなのは、わたしも嬉しいもの。だからね、あなたも眺めているだけじゃなくて、フィルの友達にならない？」

「私が……フィル様の友達……」

予想外の言葉に、私はクレア様の言葉を繰り返してしまった。

そう。

きっと……私の本当の願いは、ひとりぼっちのフィル様を見ていることじゃなくて……。

でも……。

私は首を横に振った。

「私なんかじゃ……きっと……ダメです。私は……ダメなんです。ずっとお屋敷にいて……家から一歩でも出ると怖くて……。人と話すのもうまくできないですし……何の取り柄もないし……」

「そんなことないと思うけど」

「私は……クレア様とは違うんです。クレア様みたいに……フィル様と仲良くしたりなんて……」

私はクレア様みたいに特別な存在じゃない。

ただの気弱な貴族の娘だし、フィル様の姉でもない。

でも、クレア様は身をかがめ、私と視線を合わせて、にっこりと笑ってくれた。

「セレナさんはとっても可愛いもの。取り柄がないなんてことはないと思うの」

「そう……でしょうか」

「ええ……あなたが勇気をもってフィルと友達になりたいなら、わたしはいつでも協力するから」

そう言って、クレア様は一点の曇りもない、きれいな茶色の瞳で、私を優しく見つめた。

どうして……クレア様は……。

別れを告げて、立ち去ろうとするクレア様を、私は呼び止める。

振り返ったとき、クレア様の美しい茶色の髪がふわりと揺れ、太陽の光を反射した。

「どうして、クレア様はそんなに堂々としていて……自信をもって振る舞えるんですか？」

くすっとクレア様は、笑った。

そして、ゆっくりと、クレア様は澄んだ声で言う。

「フィルがわたしを必要としてくれているから。フィルがわたしのことを姉として頼ってくれるから、だから、わたしは堂々としているんだと思う」

そう言うクレア様の表情はとても素敵で……魅力的で……輝いていた。

ああ。そっか。

私は一人でも輝いているフィル様のようになりたいと思っていた。

でも、違ったんだ。

今でも、フィル様には憧れがある。

でも……私がなりたいのは、クレア様みたいな人だ。クレア様にとってのフィル様はきっとかけがえのない存在なのだと思う。

誰かをそこまで大事に思うということを、私は経験したことがなかった。

私は……クレア様のようになりたい。

クレア様こそが本物の貴族令嬢だと思う。

そのクレア様が、私も、フィル様と仲良くなれると言う。

なら、頑張ってみよう。

私もフィル様と仲良くなれば……クレア様みたいになれるかもしれない。

クレア様が思いついたように言った。

「そうそう。セレナさん。わたしのことを『様付け』はやめてほしいの。同じ学園の生徒でしょう？」

「で、でも……」

王太子の婚約者で、七大貴族の娘であるクレア様は、私なんかよりずっと身分が高い。

呼び捨てとか、さん付けなんて考えられない。

そんなことはお構いなしに、クレア様は楽しそうに私に提案する。

「わたしが二年生。あなたは一年生。だから、『クレア先輩』って呼んでくれると嬉しいな。考えておいてくれる？」

クレア……先輩。

そっか。当たり前だけど、クレア様は二年生で、わたしの上級生だった。

一人の先輩と後輩として付き合おうとクレア様は言ってくれているんだ。

私は嬉しくなって、でもその場ではこくこくとうなずくことしかできなかった。

クレア様はごきげんな様子でわたしの肩を優しく叩くと、手をひらひらとして去っていった。

クレア様とその従者のレオン君がいなくなって、屋上には私一人になった。

でも、これからはひとりじゃない。

私は青空を見上げる。

今度あったら、「クレア先輩」と呼ぶことにしよう。

私は……もうひとりじゃない。

フィル様と……そして、クレア先輩と仲良くなるんだ！

姉バカ姫のお嬢様：con Leon la Marquez

初めてリアレス公爵の屋敷を訪れたとき、なんて大きくて、立派な屋敷なんだろう、と俺はため息をついた。

俺の生まれたマルケス男爵家とは大違いだ。

男爵家といっても色々で、そのへんの侯爵家よりも歴史の古い家もある。そういう家は昔からの王家の忠臣として誇りを持っている。

逆に、新興の大商人が爵位を得たような家であれば、金はあるから、名門貴族よりも裕福な暮らしをしていることもある。

でも、マルケス男爵家は、そのどちらでもなかった。

百年ぐらい前に、マルケス家の初代が、リアレス公爵に付き従って武勲を挙げた。それで男爵の称号を得た。

初代男爵はそれなりに有能だったみたいだけれど、その子孫はみんなぱっとしなかった。

領地も少ないし、これといった特技もない。

俺の父親はいつも酒浸りで、ますます家は傾いた。

中途半端な歴史しかない、典型的な没落貴族が、マルケス男爵家だった。

そんな家に、俺は生まれた。

レオン・ラ・マルケス、なんていう貴族の名をもらっても、所詮、俺は最底辺の下級貴族のせがれにすぎない。

俺も父の男爵のように腐っていく未来しか思い描けなかった。

そんなとき、俺はリアレス公爵家へ使用人として出されることになった。

そういう下級貴族の子どもは、行儀見習いとして、上級貴族の家に奉公に出ることがある。

俺もそんなふうに、幼くしてリアレス公爵家を訪れることになったのだ。

ここで使用人として過ごして……公爵家の従者になる。そして、王立学園でぼんやりと学生生活を送り、卒業後は上級貴族にへつらう惨めな存在になる。

そんな将来を考えると、俺は自然と無気力に、シニカルになってしまう。

初めてお屋敷を訪れたとき、きょろきょろしていると、同い年ぐらいの少女に出会った。

青と白のドレスを着た、可愛らしい女の子だ。

彼女は俺と目が合うと、微笑んだ。

「わたしはクレア。あなたは？」

そう。

俺はそこで出会ったのだ、クレア・ロス・リアレス。公爵のカルル様の娘との初対面だった。

俺より一つ年上だというクレアお嬢様は……とても美しく、優秀で、何でもできる貴族令嬢だった。

しかも、王太子との婚約も決まっているという。

非の打ち所がない、と言う言葉は、クレアお嬢様のような人のためにあるんだろう。

そんな俺が、彼女に抱いた感情は……気に食わない、というものだった。

クレアお嬢様は、仕えるべき主だ。

なのに、どういうわけか、俺はお嬢様のことが好きになれなかった。

お嬢様が、物分り良さそうに、使用人の俺にも親切に振る舞おうとするのは、偽善に見えた。

澄ました顔で、なんでもこなしてしまうところも、気取っているように見える。

所詮、上流貴族のクレアお嬢様と、俺とは違う。

クレアお嬢様に、もし欠点があれば、俺は彼女のことを許せたかもしれない。

でも……クレアお嬢様は完璧だった。その存在を見るだけで、下級貴族の俺とは違うのだと思い知らされているような気になった。

クレアお嬢様は、内心では俺を見下しているんじゃないだろうか。

俺はそんなふうに思って、疑心暗鬼になり……そして、いつしか、ことあるごとにクレアお嬢様と衝突するようになった。

クレアお嬢様の一挙一動に腹が立ち、楯突いてしまう。やがて、クレアお嬢様も、俺のことを「生意気」だと言うようになり、仲は悪くなっていった。

先輩の使用人のアリスさんは、そんな俺をたびたびたしなめた。アリスさんはクレアお嬢様のことを妹のように可愛がっていたし、俺もしっかり者のアリスさんには頭が上がらなかった。

「レオンくんは、クレアお嬢様のことが嫌いなんですよね。でも、嫌いというのは、好きの裏返しなんです。だから、レオンくんは本当はクレアお嬢様のことが好きなんですよ！」

ずいぶんとぶっ飛んだ論理だ。

力説するアリスさんの顔を、俺は呆れて見た。

「そういうものですかね？」

「だって、どうでもいい人のことは、嫌いにもならないでしょう？」

たしかに、そうだ。

クレアお嬢様は俺にとってどうでもいい人間じゃない。俺が仕える身近な相手で、そして優れた存在だからこそ、俺は嫌っているのだ。

そういう意味ではアリスさんの言っていることの半分は当たっている。アリスさんは積極的に、俺とクレアお嬢様の仲を取り持とうとした。

ただ、そんなアリスさんがいてさえ、俺はクレアお嬢様と仲良くなれなかったのだ。

そんな日々が変わったのは、フィル様がこのお屋敷にやってきた頃からだと思う。その頃からクレアお嬢様は人が変わったようになった。

具体的には……クレアお嬢様は……フィル様を溺愛するようになったのだ。

たしかに、フィル様は、男の俺の目から見ても可愛い。溺愛する気持ちはわかるのだけれど。

ただ……その溺愛の仕方というのが……。

隙あらばフィル様を抱きしめようとしたり、フィル様を女装させて可愛がろうとしたり……。

そして、俺たちに対して、フィル様がどんなに可愛いのか、熱く語るのだ。

「フィルより可愛い存在なんて、この世にいないの」

と言って、目をきらきらと輝かせるクレアお嬢様は……今までとは違っていた。

完璧で、澄まし顔の公爵令嬢はいなくて……。

弟を溺愛する姉バカ姫がそこにはいた。

あの非の打ち所がない公爵令嬢はどこへ消えてしまったのだろう?

学園に入学してもそれは変わらなかった。

クレアお嬢様は、フィル様のこととなると暴走する。図書室では静かにしないし、冷静な判断はできなくなるし……。

でも、そんなクレアお嬢様のことが……俺は嫌いじゃなかった。

フィル様のために必死になるクレアお嬢様の表情は……本物だったからだ。

そんなお嬢様のことが俺はまぶしかった。俺には必死になるようなものはなにもない。

フィル様を大事にするクレアお嬢様のことも、クレアお嬢様に溺愛されているフィル様のことも、俺は羨ましかった。

俺はいまでも同じようにクレアお嬢様と衝突した。憎まれ口を叩き、生意気なことを言っていると思う。

でも、それは以前のようなクレアお嬢様に対する嫌悪からではなくて……ヤキモチと親しみからくるものだった。

どうして、クレアお嬢様は、俺ではなくフィル様ばかり構うのか。俺だって、年下の男というところは変わらないはずなのに。

いや、べつにクレアお嬢様に溺愛されたいわけじゃないのだけれど……。

ただ、俺はフィル様とクレアお嬢様の関係が羨ましかったのだ。

逆に俺にも、クレアお嬢様にとってのフィル様のような……かけがえのない存在がいれば……。

俺の未来ももっと変わるかもしれない。

そんなとき、クレアお嬢様が俺を頼るという珍しい事態が起きた。

フィル様が学園のクラスに馴染めない、という問題を解決したいのだという。

まったく過保護だなあ、とは思ったけど、協力するのは嫌じゃなかった。

単純にフィル様のことは好きだったし。

そして、クレアお嬢様に頼られて……嬉しかったのだ。

そのことに気づいて、俺は愕然とする。

いったいどうしてしまったというのか。

これでは、まるで……俺がクレアお嬢様のことを意識しているみたいだ。

俺はクレアお嬢様に引っ張り回され、セレナさんというフィル様のクラスメートと、フィル様を仲良くさせる計画を手伝わされた。

でも……それはぜんぜん、嫌じゃなくて……。

クレアお嬢様は俺の教室にまでやってきて、慌てた。

姉バカ姫といっても、クレアお嬢様は王太子の婚約者の完璧令嬢だった。俺なんかとは違う有名人だ。

案の定、クラスメートにからかわれる。

クレアお嬢様もそのことに気づいたのか、俺を廊下へと引っ張っていった。

俺は……素直に従った。

窓から夕日の射す廊下で、俺はクレアお嬢様と向き合う。

内心ではクレアお嬢様が来てくれたのが嬉しかったのだけれど、俺はため息をついてみせる。

「あまり目立つようなことをしないでください、クレアお嬢様」

「目立つようなことって……わたしがしたのは、レオンの教室に来ただけじゃない?」

「それが目立っていたんじゃないですか。お嬢様は王太子殿下の婚約者なんですから。使用人の男のもとに何度も足を運んだりしたら、噂になるじゃないですか」

「噂って、どんな？」

無邪気にクレアお嬢様に問い返され、俺は言葉に詰まった。

……なんていえばいいんだろう？

その……。

俺は自分の顔が赤くなるのを感じた。

「つまりですね……お嬢様が俺に浮気しているとかそういう噂ですよ」

口に出してから恥ずかしくなる。

俺なんかと……クレアお嬢様が噂になるわけがない。

そんなこと……ありえないのだ。

でも、お嬢様はくすっと笑った。

「べつに、わたしはそんな噂を流されても平気だけど」

「平気じゃないでしょう。仮にも公爵令嬢としての体面が……」

「レオンは嫌？」

からかうような笑顔で、クレアお嬢様は俺に尋ねる。

俺は軽口で返そうと思って……でも、何も言葉が浮かばなかった。

代わりに、小声で言う。

「べつに嫌ではないです」

「へえ、ホントに？」

「何をにやにやしているんですか？」

クレアお嬢様は本当に楽しそうに、俺を見つめている。

その茶色の瞳が、いたずらっぽく光っていた。

ああ……。そうか。

もう俺はお嬢様のことが、まったく嫌いではないのだ。

「べつに俺はお嬢様のことが嫌いなわけじゃありません。それに……」

「それに？」

「フィル様のために必死で頑張るお嬢様は……ちょっといいなって思いますし」

本音をぼそっと言うと、クレアお嬢様はきょとんとして、みるみる顔を赤くした。

俺でも……フィル様でなくても、お嬢様にこんな恥じらいの表情をさせることができるんだ。

そのことに気づいて俺は嬉しくなった。

でも、やがてフィル様とセレナさんは本当に仲良くなってしまって……。

そうすると、クレアお嬢様が俺に関わる必要性はなくなってしまう。

そんなとき、フィル様が決闘を申し込まれた。セレナさんと親しくなったのが理由だということで、当然、従者の俺が、フィル様の代理人として戦うべきだったのに……。

俺は怖かった。剣術の訓練をしたことがあっても、他人の悪意と戦ったことはなかった。

そんな俺の恐怖は、クレアお嬢様に見抜かれていた。

クレアお嬢様は当たり前のように、俺の代わりにフィル様の代理人となった。

楽勝、楽勝、とクレアお嬢様は言っていたけれど、実際には敵は手強かった。

クレアお嬢様は苦戦して……俺は見ていられなかった。

敵の木剣が、クレアお嬢様の身体を打ち、お嬢様は苦痛に顔を歪めていた。

俺のせいで、クレアお嬢様が苦しんでいる。

俺が守るべき……方なのに。

「申し訳ありません、お嬢様。本来なら……俺が戦うべきなのに……」

「いいの。わたしが言いだしたことなんだし」

でも、お嬢様はぜんぜん平気そうに笑みを浮かべた。

まるで、普段と変わらず、フィル様と一緒にいるときのような笑顔だった。

「……お嬢様は怖くないんですね」

「そうかな」

「怖がっている様子が……お嬢様にはまったくありませんから。お嬢様は……とても……勇気があるんですね。俺とは違って」

「もっと褒めてくれてもいいよ」

お嬢様は冗談めかして笑う。でも、俺は笑い返すことなんてできるはずもなかった。

自分が、情けなかったのだ。

すると、突然、お嬢様は俺の金色の前髪をそっと撫でた。

びっくりして見上げると、お嬢様は優しく微笑んでいた。

「レオンもきっと勇敢な人になれるわ」

「そうでしょうか」

「自分が臆病なことを自覚できる者のみが、真の勇者になれる。初代リアレス公爵の言葉、知っているでしょう?」

俺はうなずいた。リアレス公爵家の身内ならみんな知っている言葉だから。

お嬢様は……これから俺が成長して、勇気を手に入れることができると言ってくれているのだ。

「だから、今はわたしに任せておいて」

お嬢様はそうきっぱりと言い、立ち上がった。

その姿はとてもかっこよくて……。

そして、お嬢様は敵を倒してしまった。

俺はこの不思議な主人の少女に、どうやっても敵わないと悟った。

だけど、そのことが俺は誇らしかった。

クレアお嬢様とフィル様のそばにいれば……きっと俺も何者かになれる。

そんな気がした。

第六章

第二の王子

I　いざ、お茶会へ！

フィルの決闘問題に決着がついて一週間が経った。

「ああ、平和って素晴らしい……」

わたしはしみじみとつぶやく。

ここは学園の屋上で、今はお休みの日だった。

そして、正午の太陽が天高く輝いていた。

わたしの横では、フィルが眠たそうに目をこすりながら、ぼんやりとしている。

二人きりで一緒に屋上の壁にもたれかかり、日向ぼっこをしているのだ。

やがてうとうとしはじめたフィルの肩が、わたしによりかかり、肩と肩がそっと触れる。

そのつやつやとした黒い髪を……わたしは撫でたくなった。

うん。髪をなでるぐらいなら、いいよね？　フィルは眠っているし……。

わたしは軽くフィルの髪を撫でてみた。とてもさらさらしていて、心地よい。

ああ……なんて幸せなんだろう。

夜の魔女の刻印は消えたし、いまのところ、破滅へ向かう暗い雲は一つもない。

フィルはセレナさんと親しくなって、それをきっかけにクラスの他の子とも話せるようになった

という。

フィルもセレナさんもひとりぼっちだったから、みんな近寄りづらかったみたいだけれど、でも、二人が話している姿を見て、何人かのクラスメートが話しかけてくれたらしい。

フィルにとってもセレナさんにとっても良い結果になったのは、単純に嬉しい。

まあ、セレナさんは、なぜかフィルよりもわたしに懐いてしまったけれど……。いつも「クレア先輩♪」といって、わたしの後についてくる。

レオンが「まるで忠犬みたいですね」とさらっと言っていて、そばにいたセレナさんは抗議するかと思いきや、「うん。そうかも」とうなずいてしまった。

……いいのかな？

まあ、でも、セレナさんに慕われるのも、新鮮だ。前世は取り巻きの子たちはいたけど……セレナさんみたいに純粋にわたしを慕ってくれていたわけではないし。

それに、レオンともちょっと仲良くなれた気がする。

わたしはフィルの髪を撫で続けていると、だんだん眠くなってくる。

「クレアお姉ちゃん……」

フィルが小さく幸せそうにつぶやく。

か、可愛い……。寝言でわたしの名前を呼んでくれるなんて……。

「お姉ちゃん……そんなにたくさん皿をとっても……食べきれないと思うよ……」

あれ？

何の夢を見ているんだろう？

わたし、そんなに食いしん坊だったっけ……。

いや、そんなことない……こともないか。

美味しいものは大好きだし、特に今回の人生では我慢していない。

少しはしたないと言われたって、王妃を目指すわけでもないし、へっちゃらだからだ。

特に、フィルが作ってくれる料理は美味しいし。

で、でも、フィルに食いしん坊と思われるのはショックだ。

そんなことない！　と言おうと、わたしは思わずフィルを起こしそうになり……。

無意識なのか、フィルの手がわたしの膝《ひざ》のあたりにそっと触れる。

たったそれだけのことで、どきりとしてしまう。

ど、どうしよう……。

今ならフィルは眠っているし、抱きしめ放題だ。

で、でも……それはさすがにまずいかな。

代わりにわたしはフィルの手を握ることにした。

そのぐらいなら、きっと罰も当たらないと思うし。

わたしは、わたしの膝の上の、フィルの小さな手を見る。そして、その白い手にそっと自分の手を重ねようとし……。

「何してるんですか、クレアお嬢様？」

「れ、レオン⁉」

いきなり現れたその少年を、わたしは見上げる。

レオンは普段どおりの小綺麗な服に身を包み、不機嫌そうな表情でわたしを睨んでいる。

その後には白いマントを身にまとった王太子のアルフォンソ様がいる。

レオンとは対照的に、アルフォンソ様はにこにことしていて、わたしを見下ろしている。

ただ、目は笑っていなくてちょっと怖い。

いったい、二人はどうしたというんだろう？

「いや、アリスさんから、クレアとフィルがお昼寝に出かけたと聞いてね。僕たちも混ぜてもらおうと思ったわけだよ」

とアルフォンソ様は、相変わらずにこにこしながら言う。

レオンが補足する。

「こんな人目につかないところで、お嬢様とフィル様を二人きりにしておいたら、お嬢様が何をするかわかりませんからね……」

「失礼な。レオンはわたしを何だと思っているの？」

「姉バカ姫です」

とレオンは切って捨て、にんまりとする。

こいつ……。なんだか、先日の決闘の一件以来、ますますわたしに遠慮がなくなっているような気がする。

まあ、少しは仲良くなれたからかもしれない。前向きに捉えておこう。

フィルは相変わらず、すやすやとわたしの隣で眠っている。

ああ……。フィルとの幸せな二人きりの時間だったのに……。

そんなこと、考えても仕方ない。

たまには、アルフォンソ様やレオンと一緒も悪くない、と気分を切り替えた。

アルフォンソ様が口を開く。

「そうそう。クレアが親しくなった一年生の、セレナさんのことで話があるんだ」

セレナさんのことで？

セレナさんはマロート伯爵家の令嬢で、ちょっとおとなしいけど、とても良い子だ。

いまやわたしを「クレア先輩、クレア先輩」といって慕ってくれている。

そのセレナさんと、アルフォンソ様にどういう関係があるというんだろう？

まさか……セレナさんのことを好きになったとか？

どうやら今回の人生では、いまのところ、アルフォンソ様と、未来の聖女シアが仲良くなる様子はない。

ただ、アルフォンソ様がシアに関心を持たなかったといっても、別の女の子のことが気になるということもあるかもしれない。

わたしは一応、アルフォンソ様の婚約者だけど、前回の人生みたいに、婚約者の地位にしがみつくつもりはない。

フィルの方が、ずっと大事だし。

ただ、「王太子殿下の婚約者」という立場でなくなるときのあれこれで、わたしが破滅する可能性もあるわけで……無関心にはなれない。

というわけで、わたしはアルフォンソ様に、セレナさんのことが異性として気になるのか、という質問を直球でぶつけてみた。

アルフォンソ様はぽかんとした顔をして、それから碧色の美しい瞳を細くしてわたしを睨む。

「クレアが何を言っているかわからないんだけど……」

あれ？

なんか怒ってる？

アルフォンソ様を怒らせると……処刑されてしまう！

と、アルフォンソ様は言う。

「僕はクレアの婚約者で、クレアは僕の婚約者だ」

あっ。たしかに失言だった。わたしたちは婚約者同士。

なのに、婚約者を相手に他の女の子が気になるかなんて、尋ねるのは変だ。

アルフォンソ様は肩を落とし、ため息をつく。

「これは……ぼくがクレアの婚約者だって、思い知らせないといけないね」

と言って、アルフォンソ様は、わたしに近づき、身をかがめる。

壁とフィルに囲まれているわたしは、逃げることができない。

アルフォンソ様の端整な顔が目の前にくる。

その瞳は、真摯にわたしを見つめていた。

一瞬、前回の人生では、わたしはアルフォンソ様のことが好きだったんだなあ、といまさら思い出す。

というか、婚約者であることを思い知らせる、って何をされるんだろう？

と思ってどきどきしていると、上からレオンの声が降ってくる。

「殿下……俺もいるんですよ」

アルフォンソ様はレオンを振り返った。ほっとする。あのままだったら……わたし、何をされていたんだろう？

アルフォンソ様は低い声で言う。

「僕はクレアの婚約者だ。レオンがいても、やることは変わらない」

「クレアお嬢様は、俺のご主人さまです。主人に不埒《ふらち》なことをしようとしている方がいれば、たとえ王太子殿下といえども、お止めしなければなりません」

「不埒なこと？　僕はクレアの婚約者だから……」

とアルフォンソ様とレオンが言い争う。

といっても、わたしが見た感じ、本気で口論しているというより、じゃれ合っているという雰囲気だった。

いつのまにか、この二人も仲良くなったのかな？　何がきっかけかはわからないけれど……。

そうしていたら、アルフォンソ様とレオンの声のせいか、隣のフィルが「ううん」とうめいて、そして、起き上がった。

フィルは寝ぼけ眼をこすりながら、わたしをちらりと見る。それから、ぼんやりとした目で、アルフォンソ様とレオンに目を移した。

可愛らしく、フィルが首をかしげる。

「どうして……王太子殿下とレオンくんがいるの？」

「フィル様のことが心配で」

とレオンは笑いながら言う。

一方、アルフォンソ様は肩を落とし、「今回も何もできなかった……」とつぶやいている。

そういえば、アルフォンソ様はセレナさんのことで話があると言っていたんだっけ。

わたしが話を切り出すと、アルフォンソ様もすっかり忘れていたというように手を打った。

「セレナさんは、マロート伯爵家の令嬢だよね」

「それがどうかされましたか？」

「あの家は、第二王子サグレス一派と裏で取引をしている」

ゆっくりとアルフォンソ様は言った。

わたしには……驚きはなかった。

マロート伯爵家は名門だけれど、宮廷貴族だ。王国が中央集権化を果たせば利益を得るし、サグレス王子を戴く中央集権派を支持する理由もある。

それに……たしかにそんな話は前回の人生でも聞いたことがあった。

記憶をたどって、思い出す。

たしか、前回の人生では、セレナさんからお茶会の招待があった。

そのとき、セレナさんの家が、第二王子派だという噂を聞いたのだと思う。

わたしはアルフォンソ様の婚約者で、当時は未来の王妃になるつもり満々だった。だから、アルフォンソ様の敵はわたしの敵で、敵の家の娘は敵だと判断したと思う。

もともとセレナさんとは親しかったわけでもないし、お茶会は断った。今なら……そうはしない。

アルフォンソ様がどう思っても、もう、セレナさんはわたしの友人だ。マロート伯爵家とサグレス王子がつながっていてもそれは変わらない。

わたしはアルフォンソ様の婚約者で、アルフォンソ派の筆頭と思われても仕方ないけど、そのことは、わたしとセレナさんの関係には無関係だと思っている。

セレナさんは、あんなにわたしのことを慕ってくれる、もしセレナさんからお茶会の誘いがあったら、今度は断らないだろう。

「アルフォンソ様は……セレナさんとわたしが関わらないほうがいい、とおっしゃりたいんですか?」

「いや、逆だよ」

「逆?」

「むしろクレアとセレナさんは積極的に仲良くなってほしい。そして、セレナさんをこっち側に取り込もう」

セレナさんは、マロート伯爵家の一人娘で、溺愛されている。今はまだ、子どもだけれど、将来的には、伯爵家の後継者になる。

そうすれば、サグレス王子を支持する有力貴族をひとり減らせる。

そして、アルフォンソ様も次期国王になるのを確実にできる。

そういうことかな？

わたしの疑問に、アルフォンソ様は微笑んだ。

「そう。半分はクレアの言う通りだ。でも、僕が王になりたいから、というよりは……サグレスの思い通りにはさせないというのが大きいかな」

「どういうことですか？」

「僕のクレアを傷つけようとしたサグレスを……許すわけにはいかないだろう？」

たしかに決闘の件は、サグレス王子の陰謀だったし、そのおかげでフィルが傷つきそうになった。

結果としてわたしが身代わりになって勝利したわけだけれど、フィルを巻き込もうとしたのは、許せない。

フィルも「ぼくも……お姉ちゃんを巻き込んだサグレス王子のことを許せない」とつぶやき、レオンもうなずいた。

望むと望まざるとにかかわらず、わたしたちは王太子アルフォンソ派と見られる。

「無力な僕のせいで、すまない」

とアルフォンソ様がつぶやく。わたしは首を横に振った。

アルフォンソ様のせいじゃない。

ただ……サグレス王子との決着はいずれつけないと、また、わたしたちの誰かが狙われて、大変なことになるかもしれない。

レオンが口をはさむ。

「俺からもお嬢様にお知らせがありまして。お嬢様宛にお茶会のお誘いがあるんです」

「わたしに？」

差し出された白い手紙には、可愛らしい小さな文字が踊っていた。

セレナさんの字だ。

そっか。今回の人生でも、セレナさんは、わたしをお茶会に誘ってくれるんだ。

可愛い後輩の誘いだし、断るつもりはない。

アルフォンソ様も、セレナさんと仲良くして良いと言っているんだから、なおさらだ。

フィルと一緒に行こっと。

楽しみだなあ、と思っていると、レオンが一言付け加えた。

「そのお茶会、サグレス殿下も参加するんですよ」

☆

わたしは緊張しながら、お茶会の場に入った。

王立学園はともかく設備が立派だ。学生寮や校舎の他に、生徒たちが交流のために使えるようにしている建物がある。

五十年前の卒業生の大貴族アビレス侯の寄付で建てられたから、アビレス侯記念会館という名前になっている。

その一部屋をセレナさんは借りているのだった。白で統一された部屋は、ティールームとして利用できるようになっていて、さすが貴族の学園といった雰囲気だった。

名門貴族の娘のセレナさんには、寮でもそれなりに広い部屋が割り当てられていると思うけど、お茶会には手狭なのかもしれないし、そもそも男子生徒は女子寮には出入り禁止だ。

参加者は、セレナさんとそのクラスメートの女の子何人かが中心だった。すっかり、セレナさんもクラスに馴染んだみたいでほっとする。もちろんフィルも誘われている。

あとはレオンもいる。レオンは別のクラスとはいえ、同じ一年生だし、フィルの友人だ。わたしと一緒にセレナさんに何度も会っている。

レオンはけっこう顔立ちも整っていて、少年らしい凛々しさと幼さの混じった雰囲気は、同い年の女の子からの評判も悪くないようだった。実際、わたしの目から見ても、フィルほどじゃないけど、レオンもなかなかの美少年だった。

セレナさんの友人たちに囲まれ、きゃあきゃあと構われている。レオンは人当たりの良い笑みを浮かべ、彼女たちに接していた。

人見知りのフィルよりも、レオンのほうが受けが良いというのも理解はできる。

ただ、レオンは彼女たちの相手をそつが無くこなしながらも、女の子に囲まれて、舞い上がったり、照れたり、ということはなさそうだった。

しばらくして、わたしがからかうように、レオンに聞いてみると、「あの子達よりもフィル様の方が可愛いですからね」とそっけない返事が返ってきて、わたしはくすっと笑った。

他の招待客は、ちょっと異質だ。まず、二年生のわたし。

それに生徒会の副会長だという女子生徒もいた。副会長をやっているからには優秀なのだと思う。

華やかな雰囲気の端然とした美人でもあった。金髪に真紅の瞳が印象的だ。

フローラという名前で、マロート伯爵家と親しい名門貴族の生まれらしい。けど、セレナさんとの個人的な交流はあまりないみたいだった。「クレア先輩のほうがずっと大事です！」というのは、事前にセレナさんが言ってくれたことだった。

最後にサグレス王子。招待客の中ではもちろん、最上位だ。お茶会の格を上げるために、招かれた客とも言える。それにマロート伯爵家とサグレス王子派のつながりも影響しているんだと思う。

まあ、サグレス王子と親しくせよ、とご両親から言い含められているのかもしれない。ただ、先日の決闘の一件もあるし……セレナさんとしては複雑な思いに違いない。

ただ、確実なことは、上級生組三人は明らかに浮いているということだった。

わたし、サグレス王子、フローラ先輩の三人は自然と、片隅のテーブルに集まることになる。わたしもアリスを連れてきていないし、サグレス王子たちも、従者を連れてきていないのだ。

遠慮してセレナさんのそばには行かなかったけど、セレナさんがちらちらとこちらを見ていたので、もっとセレナさんの近くに行っても良かったのかもしれない。ちょっと後悔だ。

やがて、お茶会が始まった。貴族の社交の場とはいえ、舞踏会や晩餐会とは違って、お茶会は、堅苦しい作法もないし、打ち解けた雰囲気で行うものだ。

セレナさんが立ち上がり、純白のティーカップに紅茶を注いで回っている。二杯目以降は自分で注ぐのだけれど、一杯目はお茶会の主人が淹《い》れるのが、カロリスタの流儀だった。主人が客をもてなしている、ということを示すための、儀式的なものだ。

セレナさんがわたしのもとにやってきて、そっとティーカップに紅茶を注ぐ。

真っ白なティーカップに、淡いオレンジ色の液体が満ちていく。

ふわっとした、フルーツのような華やかな香りが立つ。

わたしは一口飲んで、そして微笑んだ。

「美味しい……。これ、グレイ王国の、春摘みの茶葉でしょう？」

「さすがクレア先輩！　よくお分かりになりましたね！」

セレナさんに尊敬の眼指しで見つめられて、わたしは困ってしまった。

前回の人生で覚えた知識を使っているだけだから、すごいことでもなんでも無い。

でも、誉め言葉は素直に受け取っておくことにしよう。

それより……問題は、サグレス王子だ。

わたしの目の前のサグレス王子は、にこにことしている。

少し長めの赤い髪と、青い線の入った服が、対照的で、印象に残る。

その金色の瞳は、敵意を示していなかったけど、吸い込まれるように深かった。

「やあ、先日の決闘以来か」

「はい」

わたしは短く答えた。

サグレス王子は、明確にリアレス公爵家とフィルを攻撃しようとした。

決闘という形で恥をかかせようとしたのだ。

それは前回の人生では成功し、フィルは決闘に敗れ、ぼろぼろになって、みんなから中傷を受けた。

もちろん、その問題を放置して、フィルを手助けしなかったのは、わたしだ。それが、わたしの破滅へとつながった。

今回はわたしが決闘の代理人をすることで、問題は解決したけど……もとはといえば、このサグレス王子のせいなのだ。

前回の人生で、わたしはサグレス王子のことを警戒していた。アルフォンソ様にとっての王位継承権のライバルだったからだ。

今回の人生でも、わたしはサグレス王子と対立するだろう。フィルの敵になりうる存在だから。

そして、サグレス王子も、アルフォンソ様の最大の支持者の娘であるわたしを、敵だと思っているだろう。

そんな内心とは無関係に、お茶会はあくまでも穏やかだった。

わたしの隣のフローラ先輩が、わたしにささやく。

女性にしては低い声で、でも、耳にとても心地よく響く声音だった。

「お茶会の目的を知ってる？」

「それは……」

貴族の社交……だろうか？

けれど、フローラ先輩は首を横に振り、白百合のような美しい微笑みを浮かべた。

「おいしい紅茶と、お菓子を楽しむこと。そうでしょう？」

わたしはうなずいた。

そのとおりだ。

きっとフローラ先輩は、わたしとサグレス王子の経緯も噂で知っていて、その上で余計なことを考えないほうが良い、と忠告してくれているのだと思う。

わたしは紅茶のティーカップにふたたび口をつけた。

たしかにサグレス王子のことなんか考えて、この上品な味わいを楽しめないなんて、もったいない。

お茶会用の三段のケーキスタンドが、銀色に鈍く光っている。部屋を借りたとはいえ、人数に対してそれほど広いわけでもないし、テーブルは手狭だ。

だから、狭い空間にたくさんのお菓子をおけるように、ケーキスタンドを用意してそれぞれの段にお茶菓子が入れてある。

下の段から上の段へと食べていくのが、作法ということになっている。

これは海の向こうのアルビオン王国の作法で、出されているお菓子もアルビオン風のものになる。

お茶会の本場はアルビオンなのだ。

最下段には、バゲットパンがいくつかある。そのパンの中にキュウリのはちみつ漬けが挟まれていた。

アルビオンのお茶会の定番の食べ物だ。

フローラ先輩は、パンを食べると、真紅の瞳を輝かせた。きっと美味しかったんだろう。

わたしも一つパンを手にとって、口に入れる。

キュウリ、はちみつ、パン、というのは不思議な取り合わせのような気もするけど、これが不思議と美味しい。

わたしもぱくぱくと食べてしまい、隣のフローラ先輩がくすっと笑う。しまった。食べすぎたかも。

フローラ先輩は、悪い人じゃなさそうだ。

ただ……。

「フローラ先輩は相変わらずお美しいですね」

とサグレス王子が微笑みながら言い、フローラ先輩はむせると、顔を真っ赤にした。

「先輩はおやめください。殿下」

「そういうフローラ先輩こそ、殿下はやめていただけませんか。ここは学園で、オレとあなたはただの後輩と先輩なのだから」

「それは……そうですが」

フローラ先輩は真紅の瞳を泳がせた。うろたえているのと……照れているのだと思う。顔が赤いのは、サグレス王子に対する憧れと好意の現れだ、と思った。

　こんな気取った王子のどこがいいんだろう？　とわたしは思うけれど、サグレス王子は学園では大人気だし、フローラ先輩もそういうサグレス王子のファンの一人なんだろう。

　二人は昔からの知り合いのようだし、フローラ先輩の家自体、サグレス派なんだと思う。

　ただし、この場ではフローラ先輩は、わたしにも好意的なようだし、あくまでお茶会は「おいしい紅茶と、お菓子を楽しむ」ためと割り切っているんだと思う。

　そのサグレス王子も、決してわたしを敵視するような視線は向けていない。

「いや、あの決闘のときは驚かされた。あんたの強さは素晴らしいものだった」

「いえ……」

「学園じゃ、あんたの評判はかなり上がっているしな」

「そうなんですか？」

　と思わず聞き返してしまう。

　サグレス王子は面白そうに笑みを浮かべた。

「知らないのか？『リアレスの剣姫』だなんて呼ばれて、騒がれてるぜ。そりゃこれだけ美しい姫が剣を振り回して、強敵に勝ってしまえば、人気も出るわな」

　わたしは「美しい」という部分を聞き流し、フローラ先輩からの軽いヤキモチの視線も受け流し、考えた。

　前回の人生では、わたしは学園で剣術を披露することはほとんどなかった。

学園では剣術大会もあって、かなり盛り上がるイベントだ。けれど、王太子殿下の理想の婚約者として控えめに振る舞うべき、ということで、わたしは参加を見送った。

今回は……どうすればいいだろう？

わたしはちょっと考えて、剣術を披露することに問題はないと結論づけた。未来の王妃になるつもりなんかないし、控えめに振る舞うなんてまっぴらごめんだ。

「剣術大会、参加するんだろう？　オレと当たるかもしれないな」

前回の人生では、剣術大会ではサグレス王子が優勝していた。ちなみにアルフォンソ様はサグレス王子と試合して負けていたと思う。

よし！

このあいだの仕返しもしないといけないし。剣術大会でサグレス王子に勝つのを目標にしよう。

「楽しみにしています」

わたしは初めてサグレス王子に微笑んでみせた。内心では「絶対に倒す！」と思いながらの笑みではあったけれど……。

そんなとき、フィルがとてとてとわたしのもとにやってきた。

フィルがわたしをちらりと見上げる。

「どうしたの？　フィル？」

「あのね……クラスメートの子が、お姉ちゃんに挨拶したいって」

そっか。なるほど。

そういえば、サグレス王子の言葉によれば、わたしはさらに有名人になったらしいし。

フィルのクラスメートの子に興味は薄いけれど、でも、フィルにわたしを紹介するようにお願いしたのだから、ここはフィルのためにも知り合いになっておこう。

わたしが立ち上がりかけたとき、セレナさんがやってきた。皿に載せて、わたしたちのテーブルに追加のお菓子を運んできた。ケーキスタンドの上段が空なのでそこに載せるんだと思う。

ビスケットのなかにたっぷりの生クリームを挟んだもので、とても美味しそうだ。わたしもフィルも思わずじーっと見つめてしまう。

なんて名前のお菓子なんだろう？　あとでセレナさんに聞いてみようかな。

と思っていたら、セレナさんの身体がふわりと宙に浮いた。

……なにかにつまずいたみたいだ！

とっさにフローラ先輩がセレナさんを抱きとめる。なのでセレナさんは無事だけれど、その手から、お菓子を載せた皿が空を舞い……。

このままだとフィルに激突してしまう！

びくっと震えるフィルをとっさに抱き寄せ、なんとかフィルに皿が当たるのを回避した。

……良かった……。

ほっとするわたしは、腕の中のフィルを見る。

「お、お姉ちゃん……ありがとう」

「どういたしまして」

「で、でも……恥ずかしいな」

たしかにみんなの前で、フィルをぎゅっとしている格好になるわけで……。

わたしは慌ててフィルから離れた。フィルは顔を赤くして、わたしを上目遣いに見ている。

可愛い……。あのまま抱きしめていても良かったかも……。

と、そんなことを考えていたら、目の前のセレナさんが顔を青ざめさせているのに気づく。

どうしたんだろう？

わたしはセレナさんの視線の先を見て……固まった。

皿は床に落ち、割れるだけで済んだ。セレナさんも無事。

ただ……。

生クリームたっぷりのお菓子は、サグレス王子の顔に直撃したらしい。

サグレス王子の美形の顔に、生クリームが一面についていて、まるで白ひげのようだ。

サグレス王子は困ったように、変な笑みを浮かべる。

わたしは思わず、くすっと笑ってしまい、そして、しまったと思う。

サグレス王子にお菓子が直撃したのは、たぶん、わたしがフィルをかばったからだ。

セレナさんとサグレス王子のあいだにフィルはいて、そんなフィルをわたしが抱き寄せたから、サグレス王子は、生クリームの白ひげをつけることになったわけで……。

あれ？　もしかしてわたしのせい？

セレナさんはますます顔を青くしていた。それはもう、怯えるのも当然だと思う。相手は王子。

しかも自分の家ともつながりがあるのだから。

わたしも困ったことになったな、と思う。王子に恥をかかせ、しかもくすっと笑ってしまった。

サグレス王子が、決闘のときに見せていた冷たい目を思い出す。

なにか、仕返しをされるかもしれない。そのときはわたしが、自分とセレナさんを守らないと……。

ただ……わたしがもっと気になったのは……。

せっかくあんなに美味しそうなお菓子だったのに、もったいない！　食べられなくて残念だ。

「も、申し訳ございません、殿下！」

ほとんど悲鳴のような謝罪の声をセレナさんが上げる。

どれほどサグレス王子は怒るだろう？　わたしは想像もつかなかった。

けれど、サグレス王子は、そのままの状態でくすくすと笑いはじめた。

「せっかくのお菓子が台無しになってしまって残念だね。あんなに美味しそうだったのに」

それは……わたしの考えていたことと同じだった。そして、サグレス王子はわたしに目を向ける。

「あんたは、やっぱり弟のことが大事なんだな」

「はい。ですが……その……申し訳ありません」

サグレス王子より、わたしはフィルを守ることを優先してしまったわけだ。けれど、サグレス王子は、首を横に振った。

「気にしなくていい。ああ、セレナ。君も許すよ。それより、他にもお菓子があると嬉しいね。オレも、この食いしん坊の『リアレスの剣姫』も、それを望んでいるからね」

食いしん坊の姫……。わたしが最初のお菓子をたくさん食べただけで、食いしん坊呼ばわりされるのは、ちょっと不本意だ。

ただ、サグレス王子は怒っていないみたいでほっとする。

やっぱり、学園中で支持されているだけあって、大物感があるなあ、と思う。ここで感情的に怒るより、寛大に許したほうが周囲の評価は上がるだろう。

実際、フローラ先輩たちは「さすが殿下。お優しいですね」と言って、憧れの眼指しで見つめている。

でも、わたしはこの王子のことを信用することはできなかった。決闘のこともあるけど、それを抜いても、なにか胡散臭い。

「さて、リアレスの剣姫。剣術大会で戦えることを楽しみにしているよ」

サグレス王子は、生クリームの白ひげをつけた面白い顔で、そんなかっこよいセリフを言った。

……笑いをこらえるのに必死だったのは、内緒だ。

Ⅱ　とある教師の秘密

学園の剣術大会。それは学年別に行われ、一ヶ月先の五月の開催だ。

わたしはその剣術大会に参加することを決めた。参加する以上は、勝つつもりだ。目指すは優勝！　そして、サグレス王子を叩きのめす。

とはいえ、前回戦ったカルメロのように、強い敵もいるわけで。

楽観視はできないし、練習もしないといけない。

「それで俺が練習相手ってことですか？」

レオンが呆れたように言う。お休みの日のお昼に、わたしは校舎の陰でレオンと会っていた。剣術の練習のためだ。

わたしは微笑んだ。

「だって、わたしの身内の中ではレオンが一番強いでしょう？」

「それ、王太子殿下が聞いたら、泣きますよ」

と言いつつ、レオンはちょっとうれしそうに微笑んだ。

アルフォンソ様は、何でもできる完璧超人で、剣術の腕だって悪くない。ただ、圧倒的に強いというわけでもない。

やっぱりもともと武人のリアレス公爵家と、その従者であるマルケス男爵家は、特別なのだな、と思う。

そうやって客観的に見ることができるのは、わたしが二回目の人生だからだ。

そうして、わたしはレオンと木剣を交える。

レオンの剣筋は鋭かったけれど、どこか引いたような、怯えがある。

三度剣を打ち合うとレオンは剣を取り落してしまった。

わたしは肩をすくめる。

「手加減なんてしてないでしょうね？」

「俺が手加減すると思います？」

たしかに、レオンがわたしに気を使って、手加減なんてしたりしないと思う。

けど、それにしてはあまりにもあっさりと勝ててしまっている。

「お嬢様が強すぎるんですよ」

「そう？」

「そうです！」

レオンはむうっと頬を膨らませて、わたしを青い瞳で睨む。

そう言われても……。

たしかにわたしは前回の人生での経験値も加算されているからけっこう強くなっているかもしれない。

ただ、そうだとすれば、わたしは誰を相手に練習すればいいんだろう？

もちろんレオンがまったく練習相手にならないわけじゃないけど……実力差がありすぎると、効果的ではない。

うーん、と困っていたら、ひょこっと小柄でとても可愛い少年が顔をのぞかせた。

フィルだ！

フィルは黒い宝石みたいな瞳で、わたしとレオンを交互に見つめる。

「どうしたの、フィル?」

「……あのね、用事があったんだけど……お姉ちゃんとレオン君が一緒に出かけたって、アリスさんから聞いたから。二人とも最近、仲が良いんだね?」

わたしとレオンは顔を見合わせ、ちょっと互いに見つめ合う。

……仲良し……になったのかな?

レオンは顔を赤くして、首をぶんぶんと横に振った。

「べつに……姉バカ姫と仲が良いわけじゃないです」

「どうかなあ?」

フィルは疑わしそうに、ジト目で、じーっとわたしを見つめた。

そんなフィルの表情の意味を考えて、ぽんとわたしは手を打つ。

「もしかして……フィル、ヤキモチを焼いてくれているの!?」

「え?」

フィルはきょとんとして、それからみるみる顔を赤くした。

やっぱり!

予想通りみたいだった。わたしとレオンが仲良くしているから、レオンにわたしが取られる!

と思っているのかもしれない。

可愛い……!

「大丈夫。わたしの弟はフィルだけだから！」

といって、わたしはフィルを抱きしめようとして、フィルにさっと避けられた。

残念……。

「お姉ちゃん、抱きしめるのはダメだってば！　それに、ヤキモチなんか焼いてないし……」

「ホントに？」

とわたしが聞くと、フィルは目をそらして、「お姉ちゃんの意地悪……」と言う。

わたしはフィルの髪を軽く撫で、フィルはむうっと頬を膨らませながらも、それを受け入れていた。

レオンが「俺よりも、フィル様とクレアお嬢様との方がずっと仲良しじゃないですか……」とつぶやいていた。

そういえば、フィルは用事があるんだったっけ。

フィルはためらうように、わたしを上目遣いに見た。手をもじもじとさせている。

「どうしたの？　何でも言っていいよ」

とわたしが微笑むと、フィルはようやく決心したようだった。

「えっと……ぼくも剣術大会に出ようと思って」

「フィルが!?」

「おかしいかな？」

「ううん、おかしいってことはないけど……」

どうしたんだろう？　フィルは本と古いものが大好きなインドア派で、前回の人生でも剣術大会に出てはいないはず。

「決闘のとき、お姉ちゃんに代理人になってもらったでしょう？　今度は自分で戦って……お姉ちゃんを守れるようになりたいなって思ったから」

そういうことなんだ。たしかにフィルは決闘のとき、自分でも戦えるようになりたいと言っていた。だから、剣術の練習をして、剣術大会にも出てみたい。そういうことらしい。

「……お姉ちゃん、何でにやついているの？」

フィルにジト目で見られ、わたしは慌てて自分の頬を引っ張った。

そんなににやけ顔になってたかな？　フィルはくすっと笑った。

「ごめんなさい。フィルがわたしを守ってくれるって言ってくれて嬉しくて……」

「すぐには、そんな力は手に入らないと思うけど……」

「ありがとう。きっと、いつかフィルはわたしより強くなるわ。だって、わたしの自慢の弟なんだもの」

そう言うと、フィルは恥ずかしそうにこくんとうなずいた。

「それにね、優勝の賞品がほしいなって思ったんだ。ぼくが優勝するなんて、できないとは思うけど」

「それなら、わたしが優勝するつもりだから、勝ったらフィルにあげる。でも、賞品ってなんだったっけ？」

この学園の生徒はみんな貴族の子弟だ。お金で買えるものだったら、手に入ってしまうことが多い。

もちろん貧乏貴族もいるのでひと括りにはできないけれど、でも、賞品はもっと特別なもののはずだ。

「あのね、輝魔石のペンダントなんだって」

フィルは恥ずかしそうにそう言った。

輝魔石、というのは濃い緑色の宝石だった。それが特別なのは、魔力を宿しているからだ。

この大陸ではほぼ失われた魔法の力を、わずかだけれど秘めている。

そんな貴重なものなんだ。お金を出せば手に入るというものでもない。

さすが王立学園……。学園の剣術大会は、思い入れのある卒業生の大貴族が、応援している。だから、そういうことがあってもおかしくないけれど。

「それにね、お姉ちゃん。その輝魔石のペンダントは、二つもらえるんだって」

「二つ？」

「うん。……言い伝えがあってね。同じペンダントを……二人で一緒に身に付けていると、ずっと……一緒にいられるんだって」

フィルは顔を赤くしてうつむいた。

わたしはしばらく考えて……そして、わたしも顔が赤くなる。

「えっと、もしかして……」

「お姉ちゃんと一緒に輝魔石のペンダントを付けたいなって思うんだ」

フィルはそう言って、赤い顔のまま微笑んでくれた。

そっか。フィルは、わたしとずっと一緒にいたいと思ってくれているんだ。

それはきっと、今だけで……いつか、フィルはわたし以外の他の誰かを必要とするようになると思う。

でも、今は、フィルが素敵な提案をしてくれたことが、とても嬉しかった。

「ありがとう。わたしもフィルとおそろいのペンダントをしてみたいな」

わたしはフィルの髪を軽く撫で、フィルはくすぐったそうに身をよじった。

そういうことなら……わたしは絶対に優勝しないといけない。

それにフィルも大会に参加するなら……わたしがフィルに直々に剣を教えてあげないとね！

「あー、フィル様に剣を教えるのは、俺がやりますよ」

とレオンが手を挙げる。

「ど、どうして？」

「だって、クレアお嬢様は剣術大会で優勝するつもりなんでしょう？　だったら、自分の練習に時間を使わないと」

レオンの言うことは、完全に正論だった。「で、でも……」と弱々しく反論しようとするわたしに、レオンはにっこりといい笑顔を浮かべた。

「まったく、お嬢様もフィル様も、俺のいる前で二人きりの世界に入ってしまうんだから……。さあ、フィル様。俺が剣術をしっかり教えてあげますよ」

「う、うん……」

レオンはフィルの手をとり、木剣を渡した。そして、剣術の姿勢を教えるため、フィルの体をペたぺたと触っている。

ああ、わたしがレオンと代わりたい！

よっぽどわたしは剣術大会のことを放り出そうかとすら思った。でも、そういうわけにもいかない。

レオンより強い練習相手を見つけないと……。

そのとき、わたしは視線を感じた。誰かが……わたしを見つめている。

この場所だと、視線の主がいるのは……校舎の窓の向こう？

わたしは振り向いて校舎を見上げたけど、誰もいる気配はなかった。

……何だったんだろう？　わたしは気になりながらも、その日は謎の視線のことを忘れることにした。

☆

その日からレオンからフィルへの剣術の指導は始まって、なかなか上手くいっているみたいだった。

以前から思っていたけど、この二人、けっこう相性が良いみたいだ。フィルは繊細だけれど素直だし、レオンは意外と優しくて人を引っ張る力もあるから、たしかに剣の練習も順調なのはわかる。

わかるのだけれど……。

「面白くない……」

とわたしは自分の部屋で、天蓋付きベッドに寝転がってつぶやいた。もう夜で、しかも自分の部屋なので、完全にだらけきった薄手の寝間着姿だ。

まるで、フィルをレオンに取られてしまったみたいな気分だ。

メイド服のアリスが部屋にいて、いろいろと世話を焼いてくれている。

前回の人生では、アリスが死んでしまっていたから、別のメイドがいたわけだけれど、歳も離れていたし、アリスとのような親しさはなかった。

ぼんやりとアリスを見つめていると、アリスがこちらに気づいたのか、淡い灰色の目でわたしを見つめ返し、にっこりときれいな笑みを浮かべてくれる。

ああ……アリスがいてくれて良かった。

アリスがわたしのもとに近づいてきて、「失礼します」と言って、ベッドの上に腰を下ろす。

そして、うつ伏せでだらけるわたしの肩に、アリスは軽く触れる。

「お嬢様、お疲れでしょう？」

「まあ、決闘とか、いろいろあったからね……」

「それでは、マッサージをして差し上げます」

「ホントに⁉」

「はい♪」

アリスは嬉しそうに微笑んだ。お屋敷を離れて学園に入学してからは、あまり機会がなかったけれど、アリスのマッサージはとても上手だ。

アリスはメイドである以前に、学園の生徒だから、忙しくて頼むのを遠慮していたけれど、アリスから言い出してくれたし、たまには甘えてもいいか、と自分に言い訳する。

「それじゃお言葉に甘えて……」

とわたしが言うと、アリスはわたしの肩を、柔らかい手のひらでそっと押す。

ああ……心地よい。このまま、眠っちゃいそうだ。

アリスは小声でわたしにささやきかける。

「お嬢様……なにか悩みごとがあるんですか？」

「うん。悩みというほどのことじゃないんだけどね……」

わたしは、フィルとレオンの仲の良さに、ヤキモチを焼いているのだと素直に言った。

アリスは目を丸くして、それから、くすくすと笑った。

「お嬢様も面白いことを考えますすね」

「だって……」

「心配しなくても、フィル様にとって、クレアお嬢様よりレオンくんの方が大事なんて、そんなことにはならないと思いますよ」

「でも……フィルとレオンって、とっても仲が良いし。それに……男の子同士だから、わたしよりも……いろいろと話しやすいのかなって思っちゃって」

レオンはフィルと同じ男の子で、学年も同じだ。わたしは女子だし、フィルよりも二つ年上。

フィルとレオンの友情のような関係は、わたしはフィルとは築けない。そのことが……羨ましかった。

アリスは優しく微笑んだ。

「たしかにクレアお嬢様はレオンくんにはなれません。でも、レオンくんもクレアお嬢様にはなれないんです」

「わかっているの。でもね、フィルにとって、姉のわたしより、友人のレオンの方が大事になっちゃうんじゃないかって……」

「大丈夫です。フィル様の姉になれるのも、恋人になれるのもお嬢様だけなんですから」

「こ、恋人⁉」

「はい。だってクレアお嬢様は女の子で、フィル様は男の子ですし」

「でも、フィルはわたしの弟で……」

「血はつながっていないではありませんか。王太子殿下という婚約者がいながら、義弟への禁断の恋。ああ、素敵……」

とアリスが笑いながら言うのを聞いて、冗談だと気づく。いや、まあ、たしかにレオンとフィルと違って、わたしとフィルは異性でもある。そのことをまったく意識しないわけでもないけれど。

「ああ、でも男の子同士や、女の子同士というのも……ありかもしれません」

などとアリスが面白そうに片目をつぶってみせる。

わたしは、咳払いをした。

「と、ともかく……わたしも、改めてフィルと仲良くなりたいなって思ったの」

「そうですねえ。レオン師匠と弟子のフィル様という関係ができちゃいましたものねえ」

レオンとフィルは、従者と主人、同級生の友人、という関係に加えて、剣術の師弟ともなった。

これまで以上に、二人が親しくなることは間違いない。

「とすれば、お嬢様もフィル様と新しい関係を作ればいいんですよ」

「それって、どんな……？」

「それはもうラブラブの恋人同士とか？」

「あ、り、す？　真面目に答えていないでしょ？」

「あはは、バレました？」

アリスは悪びれるでもなく、くすくすと楽しそうに笑い、わたしの身体に優しく触れてマッサージを続けている。その顔は幸せそうで、わたしもついつい、アリスの冗談を許してしまう。

アリスは「うーん」とつぶやき、真面目な顔になる。

「フィル様が何を必要としているか、だと思うんですよね」

「フィルが必要としていること？」

「はい。フィル様にとって、大事な家族で、姉のクレアお嬢様が必要なのは間違いありません。同時に、剣術の師匠としてのレオンくんも必要なわけですよね。そのフィル様にとっての『必要』を見つけてあげればいいと思うんです」

「そっか……。たしかに、そうだよね」

アリスの言うことは、説得力があった。わたしがそう言うと、アリスは「二つ年上ですから」と言って胸を張ってみせる。

アリスの言うとおりだ。

今よりもフィルに必要とされるには、どうしたらいいんだろう？

フィルは……今、何を必要としているんだろう？

こんこん、とノックの音がする。

わたしとアリスは顔を見合わせる。

こんな時間に誰だろう？

わたしがどうぞ、と言うと、扉が開いた。

そこにいたのは、寝間着姿のシアだった。

いつもの純白の服じゃなくて、ピンク色の可愛らしいネグリジェ姿だった。その手には、小さな皿がある。

「あ、あの……クレア様、お疲れのようでしたから……寝付きがよくなるはちみつ入りのハーブティーをお持ちしたのですが……」

と言いながら、シアは扉を閉めて、そして、わたしと、わたしの身体に触れるアリスを見て固まる。

「……い」

「い？」

「いいなあ」

とシアはつぶやいて、唇に人差し指を当て、わたしたちをじーっと見つめた。

そ、そんなにアリスのマッサージが羨ましいのかな。

「あら、シア様に誤解されてしまいますね」

とくすくすとアリスは笑って、わたしから離れた。

マッサージは終わり、ということだと思う。……残念。

シアが身を乗り出して、アリスに迫り、「か、代わってください」と言っている。アリスはにこにこして「ダメでーす。クレアお嬢様にマッサージするのはあたしの特権ですから」と応じていた。

あれ、シアはてっきりアリスのマッサージを受けたいのかと思っていたけど……。

あっ、それよりも、マッサージはおしまいになったけど、シアが持ってきてくれた、美味しそうなお茶がある。

とても香り豊かなそのお茶は、果実感のあるそそられる匂いを部屋に漂わせていた。

シアは、アリスの分も用意してきてくれていたようで、わたしたちは三人並んでお茶を楽しむことにした。

林檎草《マンサニージャ》という、ハーブを使ったお茶だそうで、眠気を誘い、睡眠の質を良くするという。

わたしたち三人は、しばらく幸せな気持ちを味わった。シアは若干頬を火照らせて、アリスは穏やかな表情で、お茶を味わっている。

考えてみれば、不思議だ。

前回の人生では、アリスは幼くして死んでしまって、シアはわたしと絶交してしまって。そして、わたしは処刑された。

そんな三人が、こうして並んで、夜に一緒の部屋で、お茶を味わっているなんて。

林檎草という名前のとおり、お茶からは林檎のような香りがする。

シアがふと思い出したというようにつぶやく。

「林檎草って、旧トラキア帝国の国の花だったそうなんですよね」

「へえ。意外ね」

トラキアは今は共和国で、貴族たちが議会を作って国を統治している。ただ、二千年近い昔、まだ魔法があり、神々がいた頃、トラキアは帝国を名乗り、大陸の覇権国家だったという。

「林檎草が国の花なのには由来があるんです。旧トラキア帝国が、隣国との戦争に敗れたとき、一人の銀髪の皇女が国民の代わりに命を捧げ、処刑されました。その皇女から流れた血の跡から、一輪の花が咲いて……それが林檎草の真っ白な花だったそうです」

「悲しい話ね」

もうほとんど歴史も伝わらないような、昔の話だ。

悲劇的な神話だけど、事実ではないだろう。

ただ、皇族や王族という人々は、権力を得る代わりに、それだけの責任を負わされているということでもある。

高貴なる者の義務、というやつだ。わたしはそんな物を背負いたくないから、王妃になんてなりたくないけれど……。

こういう昔の話は、フィルが聞いたら喜びそうだよなあ、と思いながら、わたしはお茶にふたたび口をつける。

ん？　なにかひっかかるような……。

しばらく考えて、わたしはひらめいた。

……そうだ！　フィルは本が大好きで、そして古いものや……歴史の話も大好きだった。特にずっと昔の時代のことが好きなはず。

わたしがフィルにそういうことを教えてあげられるようになれば……別の意味でも、フィルから必要とされるかもしれない。

そのためには……。

わたしが考え込んでいるあいだに、いつのまにか、シアとアリスが学園のうわさ話をしている。

こういうとき、うわさの餌食になるのは、生徒だけじゃなくて教師も同じだった。

「アリスさんって、バシリオ先生の古代学の授業って受けてるんでしたっけ？　後期の選択科目の参考にしたいので、どんな感じか教えてもらえないかなと思って……」

「そういえばそんな授業もありましたね。変わった先生ですよ。あの先生も、見た目は悪くないんだから、もう少し身なりに気を使えばいいのに」

「あの授業の内容は……？」

「何も覚えていないです」

とアリスはふるふると首を横に振り、シアは「あはは」と引きつった顔をしていた。

基本的に真面目なシアと、適度に手を抜くアリスの性格の差が現れている。

この学園でいちばん大事なのは、古典語と呼ばれている古い言葉の学習だった。大陸全体で使われていて、今でも外交のために用いられる言葉だから、貴族の教養として必須だった。

だから、進級や卒業のために必要な成績も、古典語の比重が最も高い。

反面、歴史は科目としてはそれなりに重要だけど、それもごく最近の出来事だけ。

古代学ともなると、人気のない選択科目でしか無い。その教師が、バシリオ先生だった。

二人が話題にしているのは、バシリオ・エル・アストゥリアス。

この学園の教師であり、考古学者だった。そして、王族でもある。

生徒に人気のない先生ではある。

だけれど、魔法時代より古い時代の専門家だ。この学園で、考古学のことを聞くとなると、バシリオ先生が適任だと思う。

フィルと一緒に、一度会いに行っても良いかもしれない。

ただ……。

問題は、前回の人生では、わたしとバシリオ先生との仲はあまり良くなかったということだった。

☆

「ようこそ。クレア・ロス・リアレスさん。それに弟のフィルくん」

目の前の教師は眠たげな目をこすりながら、穏やかな低い声で、そう言った。

バシリオ先生だ。

赤色の髪は、サグレス王子を思い出させる。けど、サグレス王子よりもずっとくすんだ色で、地味だった。

淡い青色の瞳も、アルフォンソ様のような輝きはない。

ひょろりと背が高くて、そこは大人だなあと思う。

それなりに美形なはずなのだけれど、全体的によれよれの服のせいで台無しだ。

教師になったのは二十代後半と遅くて、今は二十九歳のはずだけれど、もう少し年上に見える。

「眠っていらしたのですか？」

とわたしが尋ねると、バシリオ先生は「そう」とこくっとうなずいた。まだ授業が終わったばかりの夕方なのに……。

部屋に舞うホコリを、窓からの夕日が照らす。

ここは西校舎の三階の片隅にある、古代学講座の準備室だった。事実上、バシリオ先生の研究室といってもいい。

人間嫌いのバシリオ先生は、教師たち共用の仕事部屋にはめったに出向かないらしい。

そんなところに、わたしはフィルと二人で来ていた。

「こんなところに、生徒が来てくれるなんて珍しいね」

とバシリオ先生はかすかな微笑みを浮かべて言う。

まあ、たしかに、バシリオ先生は、人気はない。

冴えないし、授業は下手だし。

ただ……悪い人ではないのだと思うけれど。

フィルはきょろきょろと所在なさげに、わたしとバシリオ先生を見比べた。

そして、棚の奥の物を見て、ぱっと顔を輝かせる。

そこには、バシリオ先生の収集品の、古そうなものが並んでいた。

フィルは上目遣いにバシリオ先生を見る。先生はにっこりとして、「自由に見てご覧」と言った。

フィルは嬉しそうにうなずくと、棚を見て回った。

貴重なものが置かれていると思う。でも、わたしにはその価値がわからない。

神様の石像、みたいなものは、遺跡の出土品なのかなとわかる。

けれど、わたしがかがみ込んで見たところにあったのは、ただの木の棒のようなものだった。

たしかに加工されているようで、先端が曲がっているけど……なんだろう、これは？

「ええと、背中がかゆいときにかくやつ？」

わたしの言葉にフィルがくすっと笑う。

「お姉ちゃん、それは昔の人の斧だよ」

「斧？　でも木だけだけど……」

「その先端に、石を縄で固定して、木に当ててるんだ」

そうすると、木が斬れるらしい。斧の取手の部分だけが見つかって、こうして収蔵品になっていることはとても多いらしい。

とフィルに聞いて、へえ、とわたしは感心する。

「よく知ってるね」

とバシリオ先生もフィルを褒める。わたしがフィルに教えるどころか、フィルにわたしが教えてもらっている。

まあ、でもフィルも楽しそうだし、一緒に楽しめれば、まあ、いいか。

古い銀貨とか、凝った神像とか、そういうのは、わたしも見て楽しめる。

すべての遺物には、白いラベルのようなものが貼ってあった。

「どこで見つかったものか、という情報と組み合わさって、はじめて遺物は歴史を知る手がかりになるからね」

と、バシリオ先生はフィルに説明している。人見知りのはずのフィルは、珍しくすぐにバシリオ先生には慣れたようだった。先生の言葉に、こくこくとうなずいている。

二人は意外と性格的に相性がいいのかもしれない。

……フィルがバシリオ先生みたいになるのは、ちょっと困るけれど。

バシリオ・エル・アストゥリアスという先生は、ただただ考古学のことにしか関心がない変わり者だった。

バシリオ先生は、国王の弟フランシスコ殿下の長男だった。フランシスコ殿下は国王軍最高司令官で、とても有能な軍人なのだという。

バシリオ先生はそんなとても高い身分と権力のある父親を持ちながらも、この国の政治にも宮廷での社交にも背を向けて、ひたすら古い時代の研究に没頭している。

かつてのわたしには理解できない人だった。

前回の人生のわたしは、理想の王妃を目指していた。それが自分の幸せだと思っていたし、そして、国に貢献するのが、高貴な者の義務だと思っていた。

もちろん、それはとんでもない勘違いだったと今では思う。

でも、当時はそんな考え方をしていたし、そうすると、バシリオ先生のように、王族としての立場を捨てた存在には、反発もあった。

それに……バシリオ先生はいつも授業をちゃんと行わなかったし……。

だからこそ、わたしはバシリオ先生のことを軽蔑していた。

そして、バシリオ先生が研究ばかりしていることを、「そんなの何の意味があるんですか?」と言ってしまったのだ。

これが、前回の人生での、バシリオ先生と仲が良くなかった原因だった。

今は……バシリオ先生のおかげで、フィルは楽しい時間を過ごせている。

少なくとも、今のわたしはバシリオ先生のことを見下したりはしていない。

前回の人生のわたしは、愚かで傲慢だったな、と思う。

今のわたしと、バシリオ先生は立場が近いかもしれない。

わたしもバシリオ先生も、高い身分に執着なんてしていない。その代わり、別の大事なものがある。

バシリオ先生にとってはそれが考古学の研究で、わたしにとっては弟のフィルなのだ。そんなことを考えながら、棚を見ていたら、その中の一つに目を留める。

石と鉄が組み合わさったような……板だった。

赤い線が走っているのは、何かの顔料だろうか。

なんだろう、これ？

フィルに聞いてみるけど、フィルも不思議そうに首をひねった。

「ぼくも……わからないや」

バシリオ先生が笑いながら、こっちにやってきた。

「わからなくて当然だよ。僕たち学者もわかっちゃいないんだから」

「そうなんですか？」

「いちおう祭祀《さいし》用……古い神様を祭る儀式に使われた、ということになっているけどね。ただ、考古学の世界で祭祀用というのは、つまり使い方がわからないから、そうだと決めつけていることがほとんどだから」

「ふうん」

「ただね、一つだけ手がかりがあって……この板には名前がある」

もったいぶって、バシリオ先生は微笑み、間を置いた。

そして、言う。

「これはね、ある地方で記録された伝承では……『夜の魔女の瞳』と呼ばれているんだよ」

わたしは大きく目を見開いた。フィルも固まっている。

こんなところで……「夜の魔女」という言葉を聞くなんて。

「よ、夜の魔女って……なんですか？」

わたしは動揺を抑え、何も知らないフリをして尋ねてみる。

バシリオ先生は、そんなわたしたちの様子の変化に気づいていないのか、それとも単に無頓着なのか、あくまで穏やかな表情だった。

「トラキア共和国西北の辺境、ソレイユ地方の伝承上の存在だよ。『夜の魔女来たりて、諸人の罪を背負う。災いは望まざるものにあらず。ただ天よりもたらされるもの』」

流れるように、歌うように、バシリオ先生が言う。

わたしが聞き返す前に、ちょっと恥ずかしそうにバシリオ先生は頬をかいた。

「今のが、ソレイユ地方につたわる古い伝承でね」

「どういう意味なんですか？」

「一種の救世主願望に分類されるね。夜の魔女、という超人的な存在が現れ、彼女がこの世の人々のすべての罪を背負い、浄化する。そうすることで、あらゆる人々が幸せになる理想郷がもたらされる、というわけだ」

「で、でも、魔女って……教会の異端のことですよね。神に逆らい、みんなを惑わし苦しめる存在なんでしょう？」

「今の教会はそういうね。ただ、もっと古い時代の宗教……神々の時代には、魔女、つまり魔法を使う巫女は、神の代理人、あるいは女神そのものとして崇拝されていたという記録も残っている。古代の神話が形を変えたもの、と考えれば、おかしな点はないさ」

「へえ……」

「魔女は、優れた魔法の使い手から、異端で邪悪な存在へと変わった。当時の人々は今とはまったく違った価値観を持っていたってことさ。そして、そういう異なる世界が存在する」

わたしとフィルは顔を見合わせた。

この伝承がどういう意味を持つのか、今はまだ、わからない。

ただ……魔女崇拝者のクロウリー伯爵は、「夜の魔女はこの国に救いと希望をもたらす」と言っていた。それはただの迷信ではなくて、ずっと昔の神話が根拠なのかもしれない。

わたしはおそるおそる尋ねる。

「その……伝承では、夜の魔女、はどうなるんですか？」

「この類型の説話は、たいてい同じ結末を迎えるね。つまり、罪を背負った救世主は、死ぬんだよ。みんなの苦悩を背負って、犠牲となるのさ」

とバシリオ先生は、なんでもなさそうに言う。

……それって。

つまり……。

わたしが破滅するのは、宿命だということになる。いや、もちろん、この伝承がわたしのことを言っているのかはわからないけど……。

王宮の預言には……伝承と同じことが書かれているんだろうか？　魔女崇拝者たちが、わたしを崇拝するのも……同じ理由なんだろうか？

フィルが「そんな……」とつぶやいて、ショックを受けていた。

大丈夫、と言ってあげたいけど……でも、どう考えればいいのか、わからなくなった。

バシリオ先生は言う。

「それで、この遺物、つまり『夜の魔女の瞳』は、夜の魔女を崇める祭祀に使われていたんじゃないか、なんて言われるけど、僕は別の考えを持っている」

バシリオ先生は、大陸が統一されていた時代の機械の一部だったのではないか、というようなことを言っていた。

でも、わたしは……もう、上の空だった。

そんなとき、ぞくっと背中に寒気が走る。

また……視線を感じる。こないだも感じた……誰かがわたしを見つめているような視線だ。

でも、視線の主は見つからない。

ふっとバシリオ先生と目が合う。その淡い青色の瞳は、一瞬、鋭く光り、わたしを見つめた。

けれど、すぐにその瞳の輝きは消えてしまった。

☆

「フィル、楽しかった？」

「うん！」

バシリオ先生の研究室を去り、わたしとフィルは、人気のない廊下を二人きりで歩いていた。

聡明で、古い時代に関心のあるフィルのことを、バシリオ先生は気に入ったようだった。

人見知りのフィルも、バシリオ先生とは打ち解けたようだし。

なんやかんやいっても、バシリオ先生は有力な王族の息子だ。

フィルと親しくなっておいてもらえば、フィルの未来に役立つこともあるかもしれない。

フィルをバシリオ先生に会わせたのは、将来を見据えた狙いもあった。

こういう打算を、前回の人生では、わたしは自分のために使った。立派な王妃になろうとして。

今は……すべてはフィルのためだ。

フィルの幸せのためなら、わたしは何だって利用する。わたしはフィルの最高の姉になりたいのだから。

まあ、単純に、フィルの喜ぶ姿が見られるだけでも、嬉しいのだけれど。

バシリオ先生の研究室で見たものについて、フィルは頬を上気させて、嬉しそうにわたしに話してくれた。

そんなフィルの顔を見られるだけで、わたしにはご褒美だ。

あとは思わぬ収穫もあった。

「夜の魔女の瞳、がお姉ちゃんは気になっているんだよね？」

フィルの言葉にわたしはうなずく。

アルフォンソ様にも相談しに行ってみよう。預言についての知識もあるはずだし。

わたしがそう言うと、フィルはうなずいて、そして、ちょっと頬を膨らませた。

「やっぱり……王太子殿下のことを信頼しているんだね」

「そう……かな？」

アルフォンソ様は、前回の人生で、わたしを裏切った張本人だ。ただ……今回はまだそんなことは起きていない。勝手に監禁したのも、わたしのことを思ってのことだった。

だから、少なくとも、それほど悪く思ってはいない。

フィルはわたしを見つめる。

「そうだよね。殿下は……お姉ちゃんの婚約者だもの」

「フィルは、アルフォンソ様のことが信頼できない？」

「そんなことないよ。でも、そういうことじゃなくて……お姉ちゃんは……いつか殿下と結婚して、ぼくのもとからいなくなっちゃうんだな、って思って……」

フィルは消え入るような声で言った。

たしかに、わたしがアルフォンソ様と結婚したら、フィルと毎日会ったりすることはできなくなってしまう。

わたしは王宮に住み、フィルは公爵領に戻ることになるのだから。

それは嫌だけど……でも、そんなのは先の話だ。だいたい、前回の人生みたいに、アルフォンソ様との婚約だって、破棄されてしまうに違いない。

それより、フィルがヤキモチを焼いてくれるのが嬉しい。その不安そうな表情も、赤く染まる頬も、とても可愛かった。

わたしは微笑んだ。

「大丈夫。わたしはフィルのもとからいなくなったりしないから」

「本当？」

「ええ。アルフォンソ様よりも、今のわたしはフィルの方が大事だし」

「……それ、殿下には絶対に言っちゃダメだよ？」

とフィルは小声で言い、でも、嬉しそうな笑顔を浮かべた。

わたしは思わずフィルを抱きしめたくなり……そのとき、また、わたしは視線を感じた。

誰かがわたしを見つめている視線。しかも……好意的な目じゃない。

しかも……さっきよりもずっと近くだ。

フィルも誰かがいる気配に気づいたようだった。

「……お姉ちゃん」

フィルがぎゅっとわたしの腕にしがみつく。

いったい……誰が、何の目的で、わたしをつけているのだろう？

その答えはすぐにわかった。

物陰から一人の男子生徒が姿を現したからだ。

「あなたは……！」

「このあいだは世話になりましたね」

そこにいたのは……このあいだの決闘で戦ったカルメロだった。

黒髪に褐色の肌。獰猛な黒い瞳。

学園の標準服姿で、そして、腰に木剣をぶら下げている。

彼は残忍そうな笑みを浮かべ、そこに立っていた。

「何の用？」

わたしはフィルをかばうように前へ進み出て、そして、カルメロを睨みつける。

こいつが、視線の正体だったんだ。

勝負で負けた相手を、じっと陰から見ているなんて、陰湿《いんしつ》だ。

カルメロは笑みを深くする。

「恥をかかされた礼をしに来たわけですよ」

「へえ、仕返しってわけ？　情けないのね」

カルメロは急に真顔になった。

そして、わたしを鋭く睨みつける。カルメロは木剣を構えた。

「剣を持っていればこそ、あなたはそれなりに強いが……今は素手《すで》ってわけですからね」

「まさか……」

「まあ、手加減はしますが、ちょっと痛い目を見てもらうぜ」

わたしはすうっと背中が寒くなるのを感じた。

ここには誰もいない。校舎の中でも薄暗くて、ほとんど人も来ない。

そして、わたしもフィルも武器を持っていない。

剣を持ってすらなんとか勝てた相手に、素手で戦うなんて……無理だ。

「恥ずかしくないの⁉　武器を持っていない相手を痛めつけようとするなんて」

「これは私の本意じゃありません。騎士道精神には反するのですが……まあ、しかし、私はそこまで高潔な性格でもないのでね」

ということは、カルメロは、誰かの指示で動いているんだろうか？

いや、今は……ともかく、この場をなんとか切り抜けないと……。

「わたしやフィルに怪我をさせたら、ただじゃ済まないのは、わかっているでしょう？」

暗にわたしは王太子のアルフォンソ様のことをほのめかした。けれど、カルメロは一笑し、黙って剣を振り上げた。

サグレス王子が背後にいる以上、怖くない、ということなんだと思うけど……。

これも、サグレス王子の命令？

でも、こんな卑劣で短絡的な手段を取るような人には、サグレス王子は見えなかった。

わたしは身構えた。初撃をかわして、そして剣さえ奪い取れば……なんとかなるかもしれない。

けれど、カルメロの剣は相変わらず鋭くて、わたしは最初の一撃を避けるだけで精一杯だった。

しかもフィルもいる。フィルをかばいながら、反撃するのは不可能だ。

わたしは二撃目の剣を避けようとして、転んでしまった。

「お姉ちゃん……！」

フィルの叫び声が聞こえる。

もうダメかもしれない。わたしはカルメロが振り下ろそうとする木剣を見て、ぎゅっと目をつぶる。

けれど、次の瞬間、何も起こらなかった。

おそるおそる目を開けると、そこには、長身の男性がわたしに背中を向けて立っていた。

その人は細長い木剣を構え、そして、カルメロと向き合っている。

どうやら、その人が、カルメロの剣を防いでくれたみたいだ。

そして、彼は、わたしたちがさっきまで会っていた人だった。

「ば、バシリオ先生⁉」

「なんだか喧しいと思って来てみたんだけどね。どうやら、丸腰の相手に暴力を振るおうとしている生徒がいるみたいだ」

飄々《ひょうひょう》とバシリオ先生は言う。

カルメロは驚いた様子だったが、けれど、やがて余裕の笑みを浮かべた。

「誰かと思えば……古いことにしか興味のない、能無しの先生じゃありませんか」

「ああ、そのとおりだね」

カルメロの挑発にも乗らず、バシリオ先生は剣を構え直す。一方、カルメロもふたたび剣をまっすぐにバシリオ先生に向けた。

サグレス王子がいる以上、王族のバシリオ先生だって、怖くないんだろう。

さらに……カルメロは学園の一年生とは言え、剣術の腕はかなりのものだ。たいていの大人では手も足も出ないと思う。

一方、バシリオ先生は……どう見ても、本と古い遺物を相手にしてきたインドア派で、強そうには見えない。

「せ、先生。無理をしないでください」

わたしが声をかけると、バシリオ先生はこちらを振り向かないまま答えた。

「大丈夫。無理をするというのは、僕がもっとも嫌いなことなんだ」

その言葉には、少しだけ面白がるような響きがあった。

「手加減は……しませんからね！」

カルメロが鋭い斬撃を繰り出し、踏み込んだ。

……勝負は一瞬だった。

「……え？」

わたしもフィルも息を呑んだ。

カルメロは……呆然と立ち尽くしていた。その手にはもはや剣はない。

バシリオ先生の木剣が、カルメロの剣を捉え、そして、叩き落としたようだった。目にも留まらぬ速さ、というのはこういうことを言うのだと思う。

わたしには……何が起こったかわからなかった。

ただひとつ、バシリオ先生が勝ったということ以外。

「まだ続けるかね？」

バシリオ先生は、あたりを瞬間で凍えさせるような冷たい声で言った。

さっきまでの、穏やかな教師の雰囲気はどこにもなく……バシリオ先生は苛烈にすら見えた。

カルメロが顔を歪ませ、そして、剣を床から取り、そして、ふたたび斬りかかる。

けれど、二度目の勝負も一瞬で、決着がついた。

バシリオ先生は軽々とカルメロの剣を避け、そして、したたかにカルメロの胴を打った。

カルメロは苦痛にうめき、そして剣を取り落とした。

憎しみのこもった目で、カルメロはバシリオ先生を見上げている。

「あなたは何者なんですか？」

「ただの能無しの教師さ」

「そんなはずない！　ただの教師や王族が、こんなに強いはずがない。それに、その剣術は……」

「そう。国家傭兵団《アルモガバルス》の剣だ。かつて僕は国家傭兵団《アルモガバルス》の少佐だった。それがどうかしたかな」

わたしはあっと驚いた。国家傭兵団《アルモガバルス》といえば、カロリスタ王国軍最強の部隊だ。

国王の直接の指揮下にあり、あらゆる汚れ仕事を行い、そして、激戦地に赴く。王国の財政のため、外国の戦争にも参加して、金を稼いでくるのも仕事だった。

そんな軍人の中の軍人なら、カルメロに勝つのだって簡単なはずだ。

でも、バシリオ先生がそうだったなんて、とても信じられない。

バシリオ先生は急ににっこりと微笑むと、がらりと穏やかな雰囲気に変わった。

「さて、カルメロ君。今の僕は、軍人じゃなくて教師だ。というわけで、今度の件で、明日の朝、呼び出させてもらおうか」

もう、カルメロは抵抗する気もなくなったのか、こくこくとうなずいていた。

「最後に一つ。君はクレアさんとフィル君に言うべきことがあるね」

「……申し訳ありませんでした！」

カルメロは怯えた様子で言うと、そして逃げるように立ち去り、廊下から一瞬で消えた。

よほどバシリオ先生が怖かったんだろう。

バシリオ先生はため息をつくと、わたしたちの方を向いた。

そして、ぽりぽりと頬をかいた。

「災難だったね。それに、恥ずかしいところを見せてしまった」

「いえ……すごかったです。あんなに……先生が剣術に強いなんて思いませんでした」

「僕のは剣術とは呼べないね。今となっては、何の役にも立たない、人殺しの技術だよ」

バシリオ先生は気負う様子もなく、卑下するでもなく、淡々という。

フィルがわたしの袖を引っ張った。

「ねえ、クレアお姉ちゃん……」

「なあに？」

「お姉ちゃんは、剣の練習相手を探していたんだよね？」

わたしはフィルの目をまじまじと見つめた。フィルの言いたいことがわかったからだ。

バシリオ先生は不思議そうに首をかしげている。

フィルは顔を赤くして、わたしとバシリオ先生を見比べて言う。

「バシリオ先生に、剣の師匠になってもらえばいいんじゃないかな」

たしかに……それは良いかもしれない。

あれほどの実力を持っていて、しかも、特殊な剣術の使い手なら、学べることは多いはず。

バシリオ先生は目を白黒させた。

「いやあ、まあ、国家傭兵団《アルモガバルス》の剣術は門外不出というわけでもないし、教える分には問題ないけど。ただ……」

「ただ？」

「僕が教えるなんて、向いてなさそうだけどね」

「一応、教師ですよね……」

バシリオ先生は、ははは、と笑った。

わたしはバシリオ先生に対して、何か見返りを出そうと思った。例えば、公爵領で、なにか先生の研究に役立ちそうなものを見つけるとか……。

でも、わたしがそう言うと、バシリオ先生は笑って断った。

「気持ちはいただいておくよ。リアレス公爵家が研究に協力してくれるなら、嬉しいからね。でも、君のいうとおり、僕は教師だ。生徒を教えることに、見返りなんてもらわないよ。給料だけで十分だ」

「でも……」

「それに、クレアさんは……どうも、この先も危険な目にあいそうだからね」

バシリオ先生は淡い青色の瞳で、わたしを穏やかに見つめた。

この先生は、何かに……わたしが秘密を抱えていることに気づいているのかもしれない。

でも、いま、重要なのは……剣の技術をより磨いて、剣術大会で優勝することだった。

フィルを陥れようとしたサグレス王子を倒す。そして、輝魔石のペンダントを手に入れて、フィルとおそろいにするんだ！

「ありがとうございます。バシリオ先生、これからよろしくお願いします」

「ああ、こちらこそ」

そして、フィルを振り返る。この提案が実現したのは、フィルのおかげだ。フィルがいなければ、わたしはバシリオ先生のもとを訪れなかったし、剣を教えてもらえるほど好意的には思われなかったかもしれない。

でも、フィルはなぜだか、わたしとバシリオ先生を不安そうに見つめていた。

フィルはとてとてと、バシリオ先生のもとへ行く。

「あの……」

「なんだい？」

バシリオ先生は身をかがめ、優しくフィルを見つめた。

そして、フィルは、わたしには聞こえないほどの小さな声で、バシリオ先生にささやく。

バシリオ先生は、フィルの言葉を聞き終わると、にっこりと笑った。

「大丈夫。僕は君の大事なお姉ちゃんを取ったりしないよ」

フィルは顔を赤くして、こくこくとうなずいた。

☆

その日から、わたしはバシリオ先生に剣の授業を受け、フィルはレオンの指導のもとで剣術の訓練を積んだ。

バシリオ先生は本人の言葉とは違って、剣の技術については、とても教えるのが上手だった。

ある日、校庭の一角で剣術の練習をしていたときに、わたしたちは短い休憩をとった。そのときに、本人に聞いてみることにした。バシリオ先生は肩をすくめて言う。

「そりゃまあ、僕が使っているのは、軍隊の剣術だからね。当たり前だけど、軍は大勢の兵士が同じぐらいの能力を持って戦えるようにしないといけない」

「だから、技術の共有が簡単にできるように工夫されているということですね？」

「そういうことだよ。国家傭兵団《アルモガバルス》は国王軍最強の部隊だと言われているけど、やっていること自体は平凡な軍隊そのものだ」

そうは言っても、バシリオ先生の強さは、圧倒的だった。わたしでは、まったく歯が立たない。

剣を持ったときだけ、まるで人が変わったみたいだ。

こんなに強いのに、どうしてバシリオ先生は軍を辞めたんだろう？　国王軍最高司令官の父もいるのだから、出世だってできたはずだ。

「だからこそ、嫌になったのさ。君はアルフォンソの婚約者だったよね」

「はい」

「君は、まっすぐに未来の王妃になれればいいけれど」

バシリオ先生はそう言って、柔らかく微笑んだ。

王族出身の軍人として、バシリオ先生は未来が約束されていた。でも、何か挫折が……きっとあったんだと思う。

具体的になにがあったかはわからない。

でも、きっと、わたしも同じだ。前回の人生では、順風満帆に王妃になるはずが、処刑されてしまった。

そうなってみれば、王妃とか王太子の婚約者とか、そんな身分なんてどうでもよくなって……代わりに、フィルという大事なものを見つけた。

「まあ、アルフォンソはいいやつだけれど、気が弱いからね。クレアさんのような強い人がいるとぴったりかもしれないな」

と、バシリオ先生はつぶやく。

アルフォンソ様やサグレス王子は、バシリオ先生の従弟にあたる。呼び捨てなのが新鮮だった。

「さて、今日の練習はそろそろ終わりにする？」

「いえ、まだまだです！」

わたしは剣を構え直した。バシリオ先生は「教え甲斐があるね」と微笑んでくれた。

今頃、フィルはレオンと練習に励んでいるんだろうな、と思う。ああ、フィルに教えてあげたかった。

でも、仕方ない。

わたしは目の前の練習に集中することにした。

そんなふうにして、わたしたちは剣術大会の日を迎えた。

Ⅲ　剣姫VS王子

わっ、と歓声が沸く。

剣術大会の準決勝。サグレス王子が、相手の侯爵子息を倒したのだった。

ここは学園の広場。

綺麗に刈り込まれた芝生に、ところどころ白線がデザインされたおしゃれな空間だ。

そして、とても広く、軽く夕日があたりを照らしている。

周囲には観客席がたくさん設けられていて、多くの人が剣術大会を見守っている。

なんといっても、こっそり剣術大会の勝敗で賭けをやっている生徒もいるし、大会はとても盛り上がる。

剣術大会はおおよそ事前の予想通りに進んでいた。

まず、サグレス王子は圧勝を続け、そして、今、難なく決勝へと進出した。

一方、アルフォンソ様も出場していたのだけれど……。

しょんぼりとうなだれ、肩を落としている。リアレス公爵家とアルフォンソ様の関係者は、観客席の同じあたりに固まっていた。ついでにバシリオ先生もわたしたちのそばで試合を見守っている。

アルフォンソ様だって、決して弱いわけじゃない。……ただ、一回戦でサグレス王子に当たってしまい、そして負けて一回戦敗退となったというわけで。前回の人生でも、それは同じだった。

「せっかくいいところを見せようと思ったのに……」

「サグレス殿下と戦った相手の中では、アルフォンソ様が一番、いい線をいっていましたよ」

落ち込むアルフォンソ様に、わたしは思わず声をかける。

アルフォンソ様は顔を上げて、青い瞳でわたしを見つめた。

「そうかな？」

「はい！」

わたしが勢いよくうなずくと、こころなしかアルフォンソ様は嬉しそうにして、元気になった。

……良かった。

前回の人生では、アルフォンソ様は欠点がないように見えた。たぶん、弱みを見せないようにしていたのだと思う。

今回は、こんな落ち込んだ、子供っぽい表情を見せてくれるのは、アルフォンソ様がわたしに気を許してくれたからかもしれない。

「わたしがアルフォンソ様のかたきを討ちますから」

「くれぐれも無理はしないようにしてほしいな」

とアルフォンソ様は心配そうに言う。

そう。

わたしも順調に勝ち上がり、サグレス王子と決勝で戦うことになった。

バシリオ先生の指導のおかげもあって、短期間だけど、かなり自分の弱点を補うこともできた。

だから、勝ち上がることに苦労はなかったけれど、問題はサグレス王子を倒せるかどうか、だ。

心配はあるけれど、一つ嬉しいことがあった。

それは、フィルが一回戦を勝ったことだ。二回戦では負けてしまったけど、もともとフィルは剣術がほとんどできなかったのだし、大戦果だ。

わたしがフィルに「良かったね」と言うと、「レオンくんのおかげだよ」とフィルははにかんだ。

ああ……。

わたしがフィルに教えてあげていれば、「お姉ちゃんのおかげだよ」と言ってくれたかもしれないのに。

レオンがにやにやと横からわたしを見ている。

まあ、仕方ない。

優勝すれば、フィルが欲しがっていた輝魔石のペンダントが手に入るし、フィルが喜ぶ姿を見ることができると思う。

それに、フィルとおそろいの輝魔石のペンダントをつけられるわけで。

そろそろ休憩時間も終わり、決勝戦だ。わたしは立ち上がった。

アルフォンソ様が、レオンが、アリスが、シアが、そしてバシリオ先生が。

みんながわたしに「頑張って」と言ってくれる。

フィルがわたしに駆け寄り、宝石みたいな黒い瞳で、わたしを見上げた。

「……お姉ちゃん。ぼくは……お姉ちゃんが勝つって信じてる」

「もちろん！　絶対に勝って、輝魔石のペンダントを手に入れるから」

そして、フィルとおそろいのペンダントをするんだ！

わたしは力強くうなずくと、観客席から、中央の対戦場所へと進み出た。

ひときわ高い歓声が上がる。

観客の生徒たちの中からは「頑張れ、リアレスの剣姫」、なんて、言葉も飛んでくる。

ちょっと……恥ずかしい。

対するサグレス王子は、余裕の笑みを浮かべていた。

赤い髪をさらりとかき上げ、そして、金色の瞳でわたしを見つめた。

「やあ、リアレスの剣姫」

「その呼び方、やめてください。恥ずかしいですから」

「そうかな。あんたもなかなかの人気者だ。ここでオレに勝てば、その名声はもっと上がるだろうな」

「そうはさせない、というわけですね」

「そのとおり。勝つのはオレだ」

サグレス王子は爽やかな笑みを浮かべた。

わたしは問いかける。

「カルメロのことですが……」

「カルメロの件は、悪かったな。あれはオレの命令じゃないが、オレの身内の指示でね。責任はオレにもある」

あっさりと、サグレス王子は謝った。さすがに闇討ちなんてことを王子がさせるとは思わなかったし、やっぱり別の人間の指示らしい。カルメロ自身も本意ではないと言っていた。

ただ……サグレス王子の周辺に、誰か勝手にわたしに危害を加えようとした人間がいるらしい、ということもわかる。

誰だろう？

魔女崇拝者のクロウリー伯爵は、サグレス王子派の有力者だった。彼は夜の魔女であるわたしを利用して、サグレス王子を国王とし、強い国を作ろうとしていた。

クロウリー伯爵は、逮捕された後も頑なに口を割らず、王都の牢獄につながれている。だから、仲間が誰であるかはわかっていない。

サグレス王子自身が、夜の魔女のことをどこまで知っているかもわからない。

ただ、サグレス王子の関係者の中に、他に魔女崇拝者がいてもおかしくない。それはこの学園の中にいるかもしれないのだ。

アルフォンソ様とサグレス王子、どちらが国王になるか。この問題は、学園にも持ち込まれている。

わたしとサグレス王子の試合は、王太子派とサグレス王子派の戦いという面もある。学園の中の出来事とはいえ、それは二人の王子の評判に関わり、そして、その未来へとつながる。

そして、わたしはアルフォンソ様の婚約者だ。

アルフォンソ様がサグレス王子に負けた以上、なおさらわたしが勝つことが重要だ。

「凡庸な兄貴の婚約者なのには、同情するよ」

とサグレス王子は、笑いながら言う。

見え透いた挑発だ。わたしは聞き流すことにした。それに、あの完璧なアルフォンソ様が凡庸だとしたら、他の人の立場がない。

ただ、このサグレス王子が特別に優秀だというだけだ。

「どうかな。この戦いで、オレが勝ったら、あんたがオレの妃になるというのは？」

「……へ？」

わたしは一瞬、サグレス王子の言うことが頭に入ってこず、固まった。

……プロポーズされた、ということだろうか。

わたしは顔を赤くしてうろたえたけれど、サグレス王子は平然としていた。

わたしは、サグレス王子を睨む。

「公爵家の力が目当てですか？」

「いや。そんなものに興味はないし、そんなものがなくても、オレは国王になるつもりだ」

「なら……どうして？」

「あんたは面白いし、そして強い。あんな兄貴にはもったいないからな。オレが国王で、あんたが王妃。そうすればカロリスタ王国を、さらに富み、さらに豊かな国にできる」

「へえ、わたしの能力を買ってくれているんですね？」

「ああ。そのとおり。さて、どうする？」

ここで、もし、わたしがうなずけば、どうなるんだろう？

わたしは前回の人生で、アルフォンソ様から婚約破棄されて処刑された。

今回はわたしからアルフォンソ様を離れ、サグレス王子のもとへと行くという選択肢がある、ということで。

まったく想像もできない未来を提示され、わたしは少し戸惑った。

でも……答はもちろん、決まっている。

「せっかくのお話ですけど……それはありえませんね」

「へえ、どうして？」

「この戦いで勝つのはわたしだからです！」

サグレス王子は、わたしをしばらく見つめ、そして微笑んだ。

「勇ましいな」

わたしもサグレス王子も、細くて軽い木剣を構えた。

決闘とは違って、わたしたちは二人とも、胸や胴には防具をつけている。そして、一回の戦いのみで勝負を決めることになる。

勝敗を判定するのは、第三者の先生の一人だ。

そして、戦いは始まった。

開始の合図の瞬間、サグレス王子の剣が振り下ろされる。

その剣は鋭く速かった。

わたしはなんとかその剣撃を受け止めた。

やっぱり……強い！

剣を振るいながら、サグレス王子はわたしに問いかける。

「あんたが戦うのは、自分のためか、アルフォンソのためか？」

「どちらも正解ですけれど、どちらも間違っています」

「なぜ？」

わたしはサグレス王子の第二撃を弾き返し、体勢を立て直すため、後ろへと下がった。

そこに、サグレス王子が追撃を放つ。

「わたしは……フィルのために戦っているんです」

「弟のためか。決闘で弟をはめようとしたオレが許せないか？」

「それもあります。けど違うんです」

そう。わたしがバシリオ先生のもとでたくさん訓練をしてまで、剣術大会で優勝を目指した理由はいろいろある。

前回の人生では、自由に振る舞えずに剣術大会にわたしは参加できなかった。だから、今回は、自分の力を試してみたかった。

サグレス王子に負けたアルフォンソ様に代わって、わたしが勝たなきゃ、というのもある。

サグレス王子の言う通り、決闘を仕組んだサグレス王子を倒したい、という思いもある。

でも、最大の理由は……。

「フィルに……弟に約束したんです。絶対に優勝するって」

「弟？」

「輝魔石のペンダントを手に入れて、二人で身に付けるんだって」

「なるほどな」

サグレス王子の金色の瞳がすっと細くなり、そして、冷たい色が浮かぶ。

そして、サグレス王子の剣はさらに強く、烈しくなった。

「オレには……あのペンダントを手に入れても、一緒に身に付けたい相手なんていない。オレが信じるのは……オレだけだからだ」

「わたしとは……違うんですね」

サグレス王子のことを、わたしはたぶん、何も知らない。

ただ、宮廷は陰謀の渦巻く場所で、そんな中でサグレス王子は第二王子として育ったわけで……自由に生きてきたように見えて、きっと、そうではないんだろう。

「頑張って、クレアお姉ちゃん！」

遠くからフィルの声がする。

そう。わたしには、わたしを信じてくれて、わたしがその人のために戦える人がいる。

わたしはサグレス王子の激しい攻撃を受け流した。

バシリオ先生から教えられた技術で、なんとかサグレス王子の攻撃を防げているけど……決定打

がない。

「あんたじゃ、オレには勝てない！」

わたしはさらに後ろへ下がろうとして、一瞬、足がもつれた。

……しまった！

サグレス王子は剣を大きく振りかぶり、振り下ろそうとした。

このままじゃ……危ない！

そのとき、わたしは記憶が蘇った。

そうだ。

前回の人生で、わたしはサグレス王子の、剣術大会での決勝戦を見ていたのだ。

そのときも……似た場面があった。体勢を崩した相手に、サグレス王子は大きく剣を振りかぶった。

その振りかぶり方は、わずかだけれど、隙があった。きっと相手が体勢を崩したのを見て、大きくためを作ったんだと思う。

そう。

普通なら、そのまま体勢を立て直そうとしているうちに、サグレス王子の剣が迫り、負けてしまう。

けど、サグレス王子に生じたわずかな隙を……もしかしたら、勝てるかもしれない！

わたしはそのことを一瞬のうちに考えて、崩れかかった体勢から前へと無理に踏み込んだ。

そして、サグレス王子のもとへと飛び込む。

サグレス王子が驚きの表情を浮かべ、瞬間、怯む。そこにわたしは剣を横に薙《な》ぎ払った。

わたしの剣は、サグレス王子の胴を捉え、そして、綺麗に直撃した。

サグレス王子の手から、剣が落ちる。

金色の瞳が、呆然としたように、わたしを見つめている。

審判の先生が、クレア・ロス・リアレスの勝利、と短く告げる。

会場の広場はしーんと静まり返り、その直後、とても大きな歓声が上がった。

わたしが勝った、ということらしい。

自分でも信じられない。

サグレス王子はとても強かった。そんな相手にわたしが勝てたのは、前回の人生の知識と、バシリオ先生の指導があったからこそだと思う。

それに……フィルもわたしを信じてくれていたから。

「そうか……オレの負けか」

サグレス王子が、小さくつぶやく。

わたしは微笑んだ。

「やっぱり、殿下のお妃にはなれません」

「……ははは。情けないな。あんなことを言っておいて、負けるなんて……」

サグレス王子は弱々しい笑みを浮かべ、やがてうつむいた。

わたしは、そんなサグレス王子の手を取る。

びっくりしたように、サグレス王子は、わたしの目を見た。わたしもにっこりと笑って、その金色の瞳を見つめ返す。

「良い戦いだったと思います。殿下のような方に勝つことができて、誇らしく思います」

「世辞はいいよ」

「本心ですよ?」

そして、わたしはぎゅっとサグレス王子の手を握った。

サグレス王子は……顔を赤くして、上目遣いにわたしを見た。

「あんたの……いや、君の弟を傷つけようとしたのは、悪かった。あの決闘のことも謝るよ。だから、許してくれるか?」

「はい。二度とフィルを危ない目に遭わせようとしない、と約束してくだされば」

「もちろん約束するよ」

そして、サグレス王子は、穏やかな笑みを浮かべた。これまでの、魅力的だけれど、乾いた笑みとは違う。

とても自然な……十三歳の少年らしい笑みだった。

観客たちに、わたしたちの会話は聞こえない。互いの健闘を讃《たた》えていると思っているのか、大きな拍手が起こった。

やがて審判の先生がわたしに微笑み、そして、二つのペンダントをくれた。

濃い緑色の宝石。

輝魔石だ。

フィルがわたしに駆け寄ってくる。

「お姉ちゃん、おめでとう！」

フィルはわたしの正面に立ち、そして、嬉しそうな笑みを浮かべた。天使のような表情だった。

わたしはそんなフィルを抱きしめようとして……思いとどまった。

今は、フィルを抱きしめるより、大事なことがある。

わたしはそっと、輝魔石のペンダントを手にとった。

そして、それをフィルの首にかける。

フィルは照れているのか、服の襟の下の首筋は、真っ赤だった。

そのペンダントの輝魔石はフィルの胸元で、わずかに光を放った。濃緑色の宝石の中に、まるで星のような輝きが走っている。

微弱な魔力が、そんな美しさを見せているのだと思う。

「これで……ずっと一緒、だよね？　お姉ちゃん？」

「ええ、もちろん！」

夜の魔女とはなにか、預言は何を導くのか、次の王には誰がなるのか、そして魔女崇拝者たちが何をしようとしているのか。

問題は山積みだ。

ずっとフィルと一緒にはいられないかもしれない。

でも、今は、わたしのそばにまだ、フィルがいて、こうしておそろいのペンダントをつけることができる。

「クレア様」

振り返ると、アリスが楽しそうな顔で、わたしを見つめている。

そして、アリスは観客席のわたしの仲間たちを指差した。

「フィル様が可愛いのはわかりますけど、みんなすねちゃいますから」

アルフォンソ様とレオンとシアが、むうっと三人揃って頬を膨らませて、わたしたちを睨んでいる。

「わ、わたし、なにかした？」

「それはもう。みんなヤキモチを焼いているんですよ。フィル様だけがペンダントをもらえて悔しがっているんです」

「そ、そうなの⁉」

「はい！　なので、一緒に早く戻りましょう。あたしとシア様が腕によりをかけて料理を作って、優勝の祝賀会を行いますから！」

そうして、アリスはスキップするように駆け出した。わたしとフィルは顔を見合わせて、そして、慌ててアリスの跡を追った。

歩きながら、フィルが言う。

「みんなもお姉ちゃんのことが好きなんだね」

「そうだと嬉しいけれど」

「でも……お姉ちゃんにはぼくのことを一番大事にしてほしいな」

フィルが小さくつぶやいたのを聞いて、わたしは微笑んだ。

「フィルのことが一番大事。だって、わたしの大切な弟だもの」

ふわりと、爽やかな心地よい風が、広場に吹く。

そろそろ夏がやってくる。

学園に来て、初めての夏で……長期休暇もある。

フィルとどんなところに出かけよう？

わたしはわくわくしながら、胸を躍らせる。

そして、みんなのもとへ、フィルと一緒に戻った。

王の子に必要なこと：con Sagres el Asturias

負けた……。

このオレが、負けた。

まさか、剣術の腕で、オレより優れたやつが同い年にいるとは思わなかった。

剣術大会の決勝の後、オレは自室に戻り、考え込んだ。

王子の部屋、ということもあって部屋はだだっ広い。平民の四人家族が住む部屋の倍はある。

そして、内装も豪華だ。

ただ、他に誰が住むでもないこの部屋の広さをオレは持て余していた。

サグレス・エル・アストゥリアスの名を持つオレは、この国の第二王子だった。

幼い頃から、オレは王子として、それは丁重に扱われた。

母は高い身分の中央貴族だったし、そういう意味でもオレは恵まれていたと思う。

自由に、わがままに生きることをオレは許されていた。

ただ……成長するにつれて、オレは一つのことに気づいた。

オレには……何の役割もない、ということだった。

周りはオレを大切にしてくれるが、それは表面だけのことで、オレが王子だからにすぎない。

オレがオレだから必要とされているわけではなく、そして、この先も、オレは個人として必要とされることはないのだった。

たいていの王族は、どこかの貴族の養子になるか、そうでなければ聖職者や軍人になる。

どの道を進んでも、最初から王子として、何もしなくても裕福に暮らせることが保障されていた。

だが、それは国から見れば、役割のない王子を厄介払いするというだけのことだ。

オレの兄、アルフォンソ・エル・アストゥリアスは違った。

アルフォンソは王太子だからだ。次の王という役割があり、必要とされていた。母親も大公国の公女だったし、王太子の地位は盤石に見えた。

幼い日。兄という存在に何度か会ううちに、オレは理解した。

オレとアルフォンソのあいだには、決定的な差がある。

次の王としての役割を望まれ、必要とされるアルフォンソは、常に敬意を払われていた。彼は国王となるべく、厳しい教育を施されていた。

オレが甘やかされ、自由に生きているのは……オレが必要とされていないからだ。

そのことに気づいて、オレは衝撃を受けた。

アルフォンソはオレよりもわずかに早く生まれた。大公国の公女であり、王妃でもある若く美しい母を持つ。

アルフォンソが王太子で、オレがただの王子なのは、その二つだけが理由だった。

オレは……兄より劣っているのだろうか？

もしそうなら、それでいい。兄貴であるアルフォンソが王となればいい。

だが、もしそうでないなら……オレの方が優秀なら、オレが王になるべきではないか？

オレがより必要とされる存在であるべきではないか？

そんなふうにオレは思った。

それから、オレは表面では、今までのように、自由気ままに振る舞い、陰では王太子が勉強しているであろうことを、必死になって勉強した。

宮廷にはいる学者や軍人に教えを乞うと、彼らは驚いたけれど、オレの熱意に負けて、いろいろと教えてくれるようになった。

やがて、彼らは口を揃えて、サグレス殿下は優秀だ、と言うようになった。中には天才だという者すらいた。

最初は世辞を言われているのかと思ったが、どうやら、オレはかなり飲み込みが良かったらしい。

宮廷の人々からの好感を得る方法も、やがて身についていった。

自由奔放な態度を見せながら、それでいて、何にでも高い才能を示す、天才型の王子。それをオレは演じることにした。

幸い、容姿にも恵まれていたし、宮廷での人気を獲得することにオレは成功した。あのアルフォンソはそれなりに優秀で眉目秀麗だが、面白みにかけるとオレは踏んでいて、実際、オレの「自由奔放さ」はアルフォンソの真面目さより受けが良かった。

オレはどうやったら王の座を得られるかも、真剣に考えた。

幸運なことに、中央集権を目指す宮廷貴族と、守旧派の地方大貴族のあいだで勢力抗争があり、オレはそれに乗じる余地があると考えた。

現状に不満を持つ宮廷貴族派は、オレを担ぎ出して国王にすることで、主導権を握ることができる。

この目論見は上手くいき、宮廷貴族の有力者をオレは味方につけた。

地方大貴族は、リアレス公爵家をはじめとして、王太子を支持していたが、一枚岩ではない。

それに王妃アナスタシアの故国である大公国は滅亡していて、急激にアルフォンソの立場は弱くなった。

けれど……それだけでは足りなかった。

まだ、オレが王になるには、あと一歩決め手が必要だった。

鍵《かぎ》が足りないのだ。

そして、その鍵こそが夜の魔女。

クレア・ロス・リアレスとなるはずだった。

王宮にある古い預言。

聖ソフィアの預言と呼ばれるそれには、国王や王太子といったごく一部の人間のみが触れられる禁忌だった。

未来の歴史が記載されているというその書物には、不思議な点が多かった。

魔法時代の書物であるはずなのに、それより古い文字で書かれていて、解読できない。そもそも聖ソフィアとはどのような人物なのかもはっきりとしない。

預言に書かれている内容でたしかなことは、三つだけだ。

あと数年で、やがてこのカロリスタ王国に大きな災いが訪れること。

その危機を救うのは、国王の妻たる『暁の聖女』であること。

そして夜の魔女と呼ばれる少女こそが破滅をもたらすこと。

王族は知ることすらなかった存在を、教えてくれたのは宮廷貴族の一人だった。

彼は魔女崇拝者《ウィッカ》と呼ばれている人々の一人だった。

魔女崇拝は教会の異端だが、オレにとってはそんなことは気にならなかった。

オレは力が欲しかったのだから。

彼らは魔女の力を利用すべきだと進言した。預言のいう国王は、王太子のことである。そして、その妻には聖女の力がある。

それなら、第二王子としては、夜の魔女を利用して、対抗するべきだ。

彼らはそう言って、そして、夜の魔女になるのは、クレア・ロス・リアレスという少女だと断言した。

それは、兄の婚約者の名だった。

オレにとっては、それなりに容姿が優れた、ごく普通の公爵令嬢、という記憶しかない人間だった。

兄の婚約者というのが、オレの中のクレアのすべてで、だからこそ意外だった。

「クレアが聖女じゃないのか？　あれはアルフォンソの婚約者だろう？」

「クレア嬢は、やがて王太子から捨てられます。そうして絶望したクレア嬢が夜の魔女となり、暁の聖女には別の人間がなるのです」

王宮のオレの部屋で、かつて、魔女崇拝者の老クロウリー伯爵は笑顔で告げた。

夜の魔女のもたらす破壊をもって、彼らは新しい王国を作ろうとした。

クロウリー伯爵は焦ってしくじって逮捕された。だが、オレの背後には、まだ魔女崇拝者の宮廷貴族たちがいた。

だから、オレはリアレス公爵家に手を出した。

小手調べに、次期リアレス公爵のフィルという少年を決闘の場に引き摺り出した。

リアレス公爵家をかき回し、アルフォンソとの仲を疎遠にし、適度に圧力をかけていく。

そうすれば、クレアは夜の魔女と化し、オレの手に入るかもしれない。

そうでなくとも、リアレス公爵家は、アルフォンソの有力な支持者だ。

貴族の集まる学園で力を削いでおいても悪くない。

そう思ったのだけれど……。

まさかクレア本人が決闘に出てくるとは、予想していなかった。

そして、クレアはオレの従者のカルメロに最初は負けたけれど、次の戦いでは倒してしまった。

カルメロの腕はかなりのものだったから、クレアが勝ったのは本当に予想外だった。

途中でカルメロに勝負を引き上げさせたのは、最後まで続けて負ければ、より傷が深くなる、という判断もあったが、クレアの奮闘を見ているうちに、自分のやっていることが馬鹿らしく思えた、ということもあった。

小手先の工作に力を入れるオレたちに、クレアは真っ向から向かってきて、一矢を報いた。今度はオレ自身が、クレアと戦えばいい。

その後のお茶会でも、クレアとは会った。生クリームのお菓子が事故で宙を舞ったとき、クレアは弟のフィルをかばうのを優先して、オレに生クリームのお菓子が直撃した。

みんなオレが怒ると思って、青ざめていた。

ただ、不思議に怒りは湧いてこなかった。もちろん、寛大なところを周囲に見せたほうがいい、という打算もあった。

でも、それ以上に、クレアという少女にオレは興味が湧いた。

どうして……この少女は、そんなに弟が大事なんだろう?

貴族の姉弟、というのにはいろいろとしがらみがある。オレとアルフォンソが王位をめぐるライバルであるように。

しかも二人は血がつながっていないらしい。

オレは……不思議だった。

オレにはそこまで関心の持てる存在なんていなかったからだ。

彼女にとって、何よりも大事なのはフィルだった。剣術大会で優勝したいのも、その賞品をフィルにあげたいからだという。

オレがクレアを妃に、と言っても、クレアはその提案を一蹴した。

そして、今、クレアはオレにすら勝ってしまった。

王宮の剣術指南から、最も優秀な弟子、とすら言われたこのオレに、クレアは勝った。

オレはその事実をうまく理解できずにいた。

オレは自分が一番大事だった。オレより優秀な人間はいないと思い、それゆえに王を目指した。

けれど、その認識は誤りなのかもしれない。

あのクレアという少女は……オレの上を行く可能性がある。

オレはそこまで考えて、クレアという少女に、漠然とした恐怖と、そして、より強い興味を感じた。

オレは彼女をどうしたいのだろう?

当初の計画では、クレアは夜の魔女という道具に過ぎなかった。

だが、果たしてそれでいいのだろうか?

部屋をノックする音が聞こえる。

「失礼します」

そう言って、部屋に入ってきたのは、コンラド・ラ・バリエンテだった。

くすんだ茶髪と茶色の目の平凡な容姿だ。一つ特徴があるとすれば、それはあまりにも覇気がないことだった。

その瞳はいつもうつろで、何を考えているかわからない。

コンラドは、オレの支持者の宮廷貴族の子息だった。

そして、彼の父であるバリエンテ子爵は……魔女崇拝者だった。コンラドこそが、オレのそばで、夜の魔女の秘密を握っている人物だった。

「コンラド。聞きたいことがある」

「何でしょう？　殿下のお望みを仰ってください」

「カルメロをクレアとフィルにけしかけたのは、おまえだな」

「そうすることが夜の魔女出現の近道と存じましたので」

平然とコンラドは答えた。

その瞳はわずかも揺れず、何の感情も浮かんでいなかった。

「勝手なことをするな。それと、これからはクレアとフィルに手出しをすることはやめにした」

「敵に情が移りましたか？」

「そういうわけじゃないが、あまり焦って動くと、かえって失敗しかねないからな」

「なるほど」

とコンラドはつぶやいた。

オレの言葉は建前で、コンラドの言葉のとおり敵に情が移ったのだ。

そのことをコンラドは見抜いているかもしれない。

だが、表面上、コンラドはうなずいた。

「いずれにせよ御心のままに。我々の悲願は、殿下を王にすることなのですから」

そして、オレを利用するつもりか、という言葉を飲み込んだ。

宮廷貴族は利害関係からオレを支持しているが、どこまで信用できるか、わかったものじゃない。

コンラドは、クレアとフィルに手を出さない、と約束した。

まあ、さすがに、オレの命令には従うだろう、と思い、オレは安堵した。

そして、自分がホッとしていることに気づいて驚く。

それほど、クレアに興味を持ってしまったのか、と自分のことながら苦笑した。

コンラドは、機械的な笑みを浮かべると、オレの部屋から去った。

このとき、オレは気づいていなかった。

オレはたしかに、クレアとフィルに手を出すな、と言った。

しかし、彼女たちの身内については何も触れていなかったのだ。

そして、クレアのそばに聖女候補の少女がいることも、オレは知らなかった。

第七章

弟妹对决！

Ⅰ　フィルとシアの真剣勝負

「それでは……これより、シア・ロス・リアレスと、フィル・ロス・リアレスのあいだで真剣勝負を始めます」

厳かな声で、しかめっつららしい顔を作って宣言したのは、メイドのアリスだった。

わたしはごくりと息を呑む。

ここは、王都からも王立学園からも遠く離れた港湾都市バレンシア。

多くの貴族や上流階級が、夏はこのバレンシアで過ごす。心地よい風が吹き、きれいな青い海に触れられる素敵な場所だ。

その街の王家の別荘にわたしたちはいた。

アルフォンソ様が招待してくれたのだ。

わたしたちは剣術大会で無事に優勝して、そして、夏季休暇を迎えていた。

招かれたのは、わたし、フィル、レオン、アリス、シア、そして後輩のセレナさんといったいつものメンバーだ。

穏やかで楽しい休暇になる……はずだった。

ところが、今、目の前では、フィルとシアが睨み合っている。

別荘一階の談話用スペースに、みんなが集まっていて、そして、固唾を呑んで様子を見守っている。

フィルはわたしの弟で、シアはわたしの妹だ。

そんな二人が、勝負をするという。

その内容は……。

アリスは相変わらず、しかめっつらしい顔を作っていたけれど、やがて笑いを抑えられなくなったのか、くすくすと可愛らしく声を上げた。

「勝負の内容は……妹と弟と、どちらがよいかの対決です！　クレア様の理想の妹、または理想の弟は、はたしてどちらなのでしょうか⁉」

アリスは楽しそうに言い、わたしはため息をついた。

「……アリス……本当にそんな勝負やるつもりなの？」

「前代未聞の対決ですよ、これは」

「アリスが言い出したことだけどね……」

剣術大会に優勝して、わたしがフィルとおそろいのペンダントをするようになってから、シアはますますフィルに対抗心をむき出しにするようになった。

べつにフィルに意地悪をしたりなんてことは全然なくて、むしろシアはフィルにとっては親切なもう一人の姉だと思うのだけれど。

でも、二人は仲良し、という感じではなかった。

「ああ、あんな可愛い弟と妹に、あたしも取られあってみたいです」

とアリスがうっとりとした表情を浮かべている。

ま、まあ、フィルとシアがわたしのことを慕ってくれるのは嬉しいんだけど……。

まさか弟妹対決なんて言い出すとは思わなかった。

いつものように、「ぼくの方が」「いえ、私の方が」とフィルとシアが言い争っているのを、アリスが聞き留めたらしい。

なんでも、わたしの午後のおやつをどちらが作るかで、揉めていたのだとか。

……どうしてそんなことで争いになるんだろう？

わたしはどっちも食べたいし、食べられるのに。甘いものは別腹なのだから。

ともかく、アリスはいつもどおり二人をからかっているうちに、変なことを思いついたらしい。

それが……理想の弟妹対決……らしい。

「フィル様とシア様には、これから一日のあいだ、理想の弟・妹として、全力でクレア様にご奉仕していただきます」

「ほ、奉仕って……何するの？」

とわたしは恐る恐る聞く。わたしが対象なのに、わたしの意思は完全に置き去りだった。

アリスは微笑んだ。

「どれだけ全力でクレア様を甘やかせるか、ということです」

「弟や妹ってそういうものでもない気が……するんだけど」

「細かいことは気にしなくてもいいじゃないですか」

「細かい、かなあ？」

わたしは小さくつぶやくけれど、すでに、フィルとシアはやる気満々のようだった。

あのおとなしいフィルまでガッツポーズを作っている。

「賞品はクレアお嬢様との一日デート権です！」

わ、わたしが賞品!?

き、聞いていないんだけど……。

「審査員は、レオンくんに加えて、伯爵令嬢のセレナ様、そして、王太子アルフォンソ殿下という豪華な顔ぶれです」

ははは、とアルフォンソ様は引きつった笑みを浮かべている。王太子殿下に理想の弟妹対決の審査員なんてさせていいんだろうか……？

セレナさんはといえば、楽しそうで、「私もクレア様の妹として参加したかったなあ」なんてつぶやいている。

レオンはやれやれと、ため息をついていた。珍しくレオンと気持ちが一致した気がする……！

フィルとシアが互いを見つめ合っている。

「ぼくは……手加減したりしないからね？」

「もちろん私もです」

ばちばちと火花が散る音が聞こえてきそうな感じだった。

アリス……こんなに焚き付けて大丈夫なの？

わたしがアリスを見ると、アリスは片目をつぶって、いたずらっぽく笑った。

こうして、理想の弟妹対決（?）が始まってしまうこととなった。

弟妹対決なんて、と呆れる反面、わたしはちょっぴり、期待していた。

だって、フィルとシアが、わたしを全力で甘やかしてくれるというのだから。

けれど……。

ソファーに腰掛けたわたしに、まずはシアがハーブティーを用意してくれた。フィルが何か言う前に即行で提案したのだ。

わたしはこくこくとうなずいて、お茶をいただくことにした。シアが用意してくれたのは、ラベンダーの香り高いハーブティーで、それはとても美味しかったのだけれど。

じーっと、目の前の、フィルとシアがわたしを見つめている。

わたしは落ち着かないなあ、と感じながら、ティーカップのお茶を飲み干す。

ことん、とわたしがティーカップを皿に置くと、とたんにフィルとシアが身を乗り出す。

「お姉ちゃん、おかわり、いる？　今度はぼくが紅茶を……」

「いえ、おかわりでしたらわたしがご用意します！　ハーブティーだけじゃなくて美味しい紅茶も……ありますから！」

えーと、とわたしは困ってしまう。

今日一日、二人は理想の弟妹になるという。そうして審査員（?）のみんなから評価されようと必死だ。

けど、わたしは一人しかいないので、自然とわたしの取り合いみたいになってしまう。

これでは甘やかしてもらっているというより、いつも狙われているみたいで……緊張する。

しかも、今みたいに、わたしがどちらかの申し出を選ばないといけないときも多いわけで……。

片方がやってくれる、という提案を断るのは、とても心苦しい。しかも、レオン、アルフォンソ様、セレナさんの三人まで、審査員としてわたしたちを凝視しているので、なおさら息苦しかった。

それもこれもアリスのせいだ……。アリスを見ると、とっても楽しそうにしている。まあ、アリスが楽しそうなら、いいか。

ともかくわたしはその場から逃げようとした。

「あ、あのね、今度はわたしが二人にお茶を淹れてあげる！」

そういって、わたしは慌てて立ち上がろうとした。

そのとき、わたしは部屋の絨毯に足をとられる。

……このままじゃ、転んじゃう！

床に激突せずに済んだのは、シアのおかげだった。

シアがわたしを抱きとめてくれたのだ。

「大丈夫ですか、クレア様？」

心配そうにシアがわたしを覗き込んでいる。

その美しい真紅の瞳は、まっすぐにわたしを見つめていた。シアのきめ細かい白い肌もすぐ近くにある。

改めて見ると、シアは恐ろしいほどの美少女だ。銀色の髪も、人によっては不気味だと感じるらしいけれど、わたしは神秘的な美しさがあると思う。

少しうらやましいし、憧れてしまうほどだ。

そんなシアが、わたしを姉と慕ってくれるなんて嬉しい。……弟妹対決なんてしなくても、シアはとても良い子だし、一緒にお出かけだってむしろわたしからお願いしたいぐらいだ。

「ありがとう、シア」

「いえ……」

シアは、優しくわたしが元通りの体勢に戻れるように手助けしてくれた。

そして、シアは嬉しそうに微笑んだ。

「今のは……クレア様的には、いかがでした？　妹感出てました？」

「それは審査員の人たちに聞いたほうが良いんじゃない？」

「でも、わたしはクレア様に喜んでいただきたいですから」

とシアは頬を赤くして、わたしを上目遣いに見た。

こ、これは……あざとい！

いや、シアは本心から言ってくれてると思うけど、審査員の評価は高いかもしれない。

さらにシアは畳み掛ける。

「その……クレア様。やっぱり、私がお茶を淹れますね。クレア様がやけどをされたりしたらと思うと、私、心配で……」

「わたしはそんなにそそっかしくない……はず」

目の前で転びかけたから、まったく説得力がないことに気づく。

シアはにっこりと微笑んで、わたしにささやく。

「今日は、クレア様にわたしとフィル様が奉仕する日なんですから、素直に私のお茶を飲んでください」

「う、うん……」

わたしはこくこくとうなずいた。流れ的に、シアにお茶を淹れてもらうという提案に乗ってしまった。

フィルはむうっと頬を膨らませている。

しばらくして、シアが新たに淹れてくれた紅茶をティーカップに注ぐ。フィルやアリス、審査員のみんなの分の用意も忘れていない。

明るい水色のそれは、蘭のような華やかな香りだった。一口飲むと、かすかにスモーキーな感じがあって、それが味に複雑さを増していて、それでいて心地よさを損なっていない。

アルフォンソ様がうなり、「これはすごい……」とつぶやいている。王宮で高品質の茶をたくさん飲んでいるはずのアルフォンソ様をもうならすのだから、シアの紅茶を淹れる腕の高さがわかる。

シアはさらに、お茶菓子まで用意していた。

白い皿の上に、載っているのは……白い粉砂糖がまぶされたケーキだった。

ただ、特徴的なのは、そのケーキの表面に粉砂糖がかかっていない箇所があって、それが十字架の形を描いていることだった。

「タルタ・デ・サンティアゴという名前のアーモンドのケーキです。ほとんど小麦を使っていなくて、アーモンドの粉で焼きあげているんですけど、不思議な美味しさがあるんです」

シアはそう説明してくれた。

そして、シアはみんなのために切り分けた後、そのうちのひとかけらをフォークに刺し、わたしの口もとに運んだ。

「……なにしてるの、シア？」

「その……あーんして差し上げようと思いまして」

「えっ」

わたしはびっくりして固まった。シアは恥ずかしそうにわたしを真紅の瞳で見つめる。

「ダメ……ですか？」

「ダメってわけはないけど……」

「なら……いいですよね？」

わたしは雰囲気に流されて、ぱくっとシアの差し出したケーキを食べた。おおっ、と声を上げたのは、たぶんアリスだと思う。

……素朴で優しい味だ。でも……すごく……美味しい。

シアは、わたしが美味しいと思っていることに気づいたみたいで、微笑んでくれた。

わたしは紅茶を口に含む。紅茶ともとても良く合う。

「これ、実は手作りなんです」

「そうなの⁉」

「はい、皆さんに振る舞うつもりだったんですが、ちょうどタイミングが良かったです」

にっこりとシアは笑った。一方のフィルは「ずるい……」とつぶやいている。

シアはこんなに可愛くて、優しくて。そして、美味しいお茶を淹れることもできて、お菓子まで手作りで用意できる。

完璧だなあ、とわたしはため息をついた。

前回の人生で、みんながシアのことを好きになったのもわかる気がする。

みんなはシアを必要として、わたしを必要としなかった。

なら、今回の人生では……どうだろう？

もしかしたら……また、同じことになるんじゃ……ないだろうか？

時間が経てば、みんなシアの魅力に気づいて、フィルもアルフォンソ様も他のみんなも、シアのもとへと行ってしまって。

そんなことが起きたら、そのとき、わたしは……。

「どうしたんですか？　クレア様？」

心配そうに、シアがわたしの瞳を見つめていた。

わたしは誤魔化すように微笑みを浮かべた。

「なんでもないの」

いま考えていたことをシアに言うわけにはいかない。

シアは、わたしと違って、前回の人生からやり直しているわけじゃないんだから。

☆

結局、一日が終わったとき、弟妹対決はシアの勝利で終わった。

シアの行動は遠慮があるように見えて、常に素早く、フィルの一歩先を行っていた。

そういうところが、セレナさんやアルフォンソ様には印象的だったらしい。

審査員三人の多数決で決めたから、シアの勝利となったわけだ。

レオンはフィルに投票したみたいだけれど、これはフィルに対する友情というか、親しさからかもしれない。

フィルは不満そうに、残念そうにしていた。

「……お姉ちゃんと一日お出かけする権利、手に入れたかったな……」

「そんなのなくても、フィルと一緒ならいつでもお出かけするよ?」

「本当?」

「わたしからお願いしたいぐらいだもの」

学園の授業期間は忙しかったし、男子寮と女子寮にわかれていたせいで、フィルと一緒に過ごす時間を十分にとれなかった。

だから、休暇で別荘にいるうちは目一杯、フィルと楽しむつもりだった。

もちろん、シアとも。

シアがやってきて、嬉しそうに「勝ちました！」と報告する。

わたしは微笑んだ。

「良かったね」

「はい。でも、本当に勝ったとは言えないかもしれませんね」

「どうして？」

「アリスさんが、審査員をクレア様自身にしなかったのはどうしてかわかりますか？」

質問に質問で、シアが返す。

わたしは答に詰まった。

たしかに……わたしの理想の弟妹を決めるためにわたしに奉仕するというのなら、わたしが審査員になって判断するのが一番いいと思う。

そうではなく、アルフォンソ様たちを審査員にしたのは……。

「もしクレア様が審査員だったら、フィル様の圧勝になってしまいます。だって、クレア様はフィル様のことが大事なんですから」

わたしは返事に困った。けど、たしかにそうだ。シアのことだって、大事じゃないわけではない。けど、わたしはいつもフィルを優先して行動してきた。

シアは明るい笑顔を作った。

「クレア様を困らせるつもりはなかったんです。いつか本当に妹の方が良いって証明しますから！

そのまえに……」

「そのまえに？」

「弟妹対決の賞品の……デート権、使ってもいいですか？　一日、二人で一緒に街に遊びに行きたいなって」

「もちろん！　シアと一緒なら、とっても楽しそう」

わたしは心からそう言った。フィルは羨ましそうにわたしたちを見つめ、シアはくすっと笑った。

「私も……すごく楽しみです！」

シアは、思わずみとれてしまうぐらい、満面の笑みを浮かべた。

このとき、まだ暗い雲の影は、一つもなかった。

けど、わたしとシアは一緒に街に遊びには行けなくなった。

次の日。シアは行方不明になった。

☆

次の日の朝、シアが別荘のどこにもいない、と言ったのはアリスだった。

アリスがシアを起こしに行ったら、ベッドの上はもぬけの殻だったのだという。

早めに朝食代わりの軽食を作ろうとしたのかな、とアリスは思ったらしい。それで食堂を見てみたけれど、やっぱりいない。

これはおかしい、と思って、別荘の主人であるアルフォンソ様と、シアの姉であるわたしに知らせに来てくれた。

寝ぼけ眼をこすりながら、わたしは答える。

「シアなら、散歩に行くなら、一言なにか伝えておいてくれそうだけど」

「はい。だから……心配なんです」

徐々におかしい、とわたしは考えはじめた。

シアだって、貴族の子女だ。

それにあれだけ可愛い少女なわけで……。

誘拐されたという可能性に、わたしは思い当たった。

もしそうだとすれば……大変なことになる。

わたしは即座にバレンシアにいるリアレス公爵家の家臣に連絡をとった。捜索をしてもらうことにしたのだ。

さらにアルフォンソ様を通して、王家の直臣やバレンシアの市参事会にも協力してもらうことにした。

そして時間が経った。シアがひょっこり戻ってくるんじゃないか、とわたしは期待していた。

帰ってきたら、「とても心配したんだからね」とわたしは姉らしく怒るつもりだった。

……わたしはシアの姉で、シアはわたしの妹だから。

けれど、シアは夜になっても戻ってこなかった。

みんな心配そうで、その日の夕食の席では重い空気が流れている。

そして、わたしの腕には、赤い夜の魔女の刻印が刻まれていた。

破滅が……また近づいている。

わたしは必死に考えた。

シアが心配でたまらないけど、それ以外にも考えることがある。

シアは……どうして姿を消したんだろう？

……あんなに、わたしと一緒に街をお出かけするのを楽しみにしてくれていたのに。

そして、それはわたしの破滅と、どうつながるんだろう？

前回の人生で、似たことがなかったかわたしは思い出そうとした。

そういえば、シアが寮に戻ってこなかったことがあった。談話室で一緒にお茶を飲む予定だったのに、シアが時間になってもやってこない。

心配になって、わたしが捜すと、シアは寮の物置に閉じ込められていた。平民の子であるシアに、嫌がらせをした侯爵令嬢の仕業だった。

わたしはかんかんになってその令嬢たちに怒って、シアに「も、もう大丈夫ですから……」と止められたんだっけ。

その後、シアは「助けてくれて、とっても嬉しかったです」と愛らしく微笑んでくれた。

前回の人生は、学園で起きたことだし、すぐに解決した。

でも、今回は学園の中のことじゃないし、犯罪に巻き込まれた可能性もある。

今回の人生でも、わたしはシアを救えるだろうか？

ちくりと、胸に痛みが走る。

前回の人生で、わたしはシアを裏切った。その償いを……わたしは十分にできていない。

それなのに、わたしは今でも、シアに嫉妬し、恐れを抱いてしまう。いつかシアがわたしの居場所をすべて、奪ってしまうんじゃないかって。

夜の魔女の赤い刻印を、わたしは見つめる。

これは破滅を回避しなければならない、という印だ。

わたしがシアを助ければ、この模様は消えるんだろうか。

それとも……もしかしたら、シアを見捨てることで、わたしは破滅を回避できるんだろうか。

前回の人生で、わたしはシアを助けて、親友になった。それが破滅の発端だったとも言えなくもない。

シアがいなくなれば……わたしが破滅する理由はなくなるのかもしれない。

わたしは自分の恐ろしい考えに慄然とした。

顔色が悪くなったわたしを、フィルが心配そうに覗き込む。

「お姉ちゃん……大丈夫？」

「うん、平気……」

「すごく……シアさんのことが心配なんだね」

フィルは、わたしがシアのことを心配しているのだと思ったらしい。

もちろん、シアのことが心配だ。でも、同時に、とても醜い感情も抱いてしまった。

フィルには、絶対に話せない。

わたしはシアのことを心配する気持ちと、自分の心の中の暗い感情を整理できないまま、フィルに弱々しく微笑んだ。

Ⅱ　真実を知るとき

その次の日も、さらに次の日もシアは戻ってこなかった。

わたしは……不安でいっぱいになった。

捜索は行われているけれど、わたしは何もできない。

……わたしは、無力だ。

どうして、シアはいなくなったんだろう？

考えてみると、前回の人生も、今回の人生も、わたしはあまりにもシアのことを知らなさすぎた。

前回の人生では友人として、今回の人生では妹として、わたしを慕ってくれているのに。

わたしは……シアに何もしてあげられていない。

今、わたしはバレンシアの街の時計台のてっぺんにいた。

大きな金色の時鐘が屋根にあり、柵の向こうにはバレンシアの街を一望できる。眺めの良い場所だ。

思い詰めるわたしを心配して、フィルが連れてきてくれたのだ。もちろん、シアが行方不明ということもあって、護衛の人も一緒だけれど、彼らは時計台の入り口で控えている。

真っ青な空に、白い雲が少しだけ浮いている。正午の太陽は、きれいに輝いていた。

さわやかな風が吹く。

こんなに夏らしい、良い日なのに。

わたしはため息をついた。

フィルは心配そうに、わたしを見上げる。

「お姉ちゃん……あまり自分を責めないで」

「うん。……でも、もしかして、シアがわたしのせいで、家出をしたりしたんじゃないかって心配に思うの……」

「そんなこと絶対にないと思うよ」

とフィルは力強く言う。びっくりして、わたしはフィルを見つめる。

フィルは恥ずかしそうに目を伏せて、小声で言う。

「だって、シアさん。あんなにお姉ちゃんと出かけるのを楽しみにしていたんだから」

「ありがとう、フィル」

わたしは微笑み、考えた。

でも、家出じゃないとすると、もっと悪い可能性。犯罪に巻き込まれた、というのを想像してしまう。

ともかく、無事だといいのだけれど……。

わたしは、腕の赤い模様を見る。

一瞬でも、シアがいなくなれば、と考えてしまった自分が恥ずかしい。

きっとシアが戻ってきたときに、この模様も消えるはず。

そのとき、急に、空に黒い雲が垂れ込める。

さわやかな夏の空は消え、どんよりとした重い空気があたりに立ち込める。

すぐに、激しい雨が降り始めた。

「夕立……だね」

「うん」

まるで、わたしの暗い気持ちを映しているかのような、空模様だった。

ともかく、早く建物の中に戻らないと。

フィルが夏風邪を引いたりしたら、大変だし。

そして、わたしは建物に戻ろうとして、思わず目を疑った。

目の前に、シアがいたからだ。

シアは普段どおりの純白の衣装に身をつつんでいる。

けれど、様子がどこかおかしくて……。

「シア！　どこ行っていたの⁉」

わたしは思わず、シアに駆け寄った。

シアはぺこりと頭を下げる。

「突然いなくなってしまってごめんなさい」

「ともかく、シアが無事でいてくれてよかった」

「本当に……そう思ってくれていますか？」

「え？」

シアは真紅の瞳を妖《あや》しく光らせ、わたしを見つめた。

「本当は、クレア様はわたしのことなんて、どうでもいいんじゃないですか？」

「そんなこと……ない！」

わたしは強く否定したけれど、シアは薄く笑った。

「クレア様の嘘つき」

「嘘なんかじゃない。シアは……わたしの妹で、友人で、仲間だもの」

シアの瞳がかすかに揺れる。けれど、シアは首を横に振った。

「……私がいると、クレア様を不幸にしてしまうんです」

「どうして？」

「夜の魔女と、暁の聖女は、相反する存在だから。互いが互いを傷つける運命にあるから」

暁の聖女、という言葉に、わたしは驚く。今回の人生では、シアはまだ聖女に選ばれていない。

暁の聖女という言葉を知る機会だって、なかったはずだ。

シアは寂しそうに微笑んだ。

「嘘つきは私なんです。私は……これがシアとしての二度目の人生なんです」

「ど、どういうこと？」

「前回の人生でも、私はクレア様と出会いました。学園の同級生として、ただの平民として。そんな私にクレア様はとっても優しくしてくれて、居場所を与えてくれて……嬉しかったんです」

「シア……まさか……」

前回の記憶があるのは、ずっとわたしだけだと思っていた。

わたしは破滅し、処刑され、フィルに冷たくし、シアを裏切った記憶に苦しめられてきた。

でも、それはわたし一人だけのことだと思っていた。

違ったんだ。

知らなかった。

シアも、やり直していたなんて。

「私のせいで、クレア様は不幸になってしまいました。だから……十二歳に戻って、やり直したとき、今度はクレア様を幸せにしようって思っていたんです。私がクレア様を救うんだって、決めていたんです！　でも……」

シアは、フィルをちらりと見た。

そして、胸に手を当てる。

「クレア様には、フィル様がいて、私なんかいなくても幸せそうで……。むしろ私がいることで、前回の人生みたいに、クレア様を不幸にしちゃうんじゃないかって気づいたんです」

「そんなこと……」

ない、と言い切れるだろうか？

わたしは……今でも、シアのことを怖れている。

もしシアが、わたしの何もかもを……フィルを奪っていってしまったら。

シアはさみしげに微笑んだ。

「私は……ある人に教えてもらったんです。クレア様も『やり直し』をしていることを。クレア様も前回の人生の記憶があることを。そうですよね？」

「……た、たしかにそうだけど……そんなことをいったい誰が……？」

「誰だっていいじゃないですか。前回の人生の記憶があるなら、クレア様は、きっと私のことを憎んでいる。この世からいなくなればいいと思っている。クレア様は……私のことを……死んじゃえって思っているんです」

わたしは混乱のあまり、何も言えなくなった。わたしがやり直したことを、誰か他の人が知っていて、それをシアに教えた？　そんなことがありえるんだろうか……？

動揺するわたしに、シアは畳み掛ける。

「だから、私は、ここで、クレア様の目の前で死ぬんです。そうすれば、クレア様がもう不幸になることもありませんから。代わりに私のことは、永遠にクレア様を救った存在として記憶に残ることになるんです」

わたしは絶句した。

そう。たしかにシアがいなくなれば、暁の聖女、というわたしにとっての脅威はなくなる。フィルを、他のみんなを、わたしの居場所を奪われる心配もなくなる。でも……。

「そんなの間違っているよ」

つぶやいたのは、フィルだった。

わたしも、シアも驚いてフィルを見る。

フィルの黒い瞳は……怒りに燃えていた。

そんなフィルを、わたしは初めて見た。

「シアさんは……勝手だよ。シアさんが死んで、お姉ちゃんが悲しまないわけないよ」

「フィル様は何も知らないから……そう言えるんです」

シアは戸惑ったように、小さな声で言う。

フィルは首を横に振った。

「やり直しっていうのが、何のことかぼくにはわからない。でもね、シアさんが死んだほうがいいなんて、そんなこと……クレアお姉ちゃんが思うわけがない！　妹が死んで、悲しまないお姉ちゃんなんて、いないよ」

フィルは切々と、必死な様子で、そう訴えかけた。

わたしは、はっとした。

そうだ。たしかにシアがいなくなれば、わたしは破滅が回避できるのかもしれない。

もうシアに怯えなくてもいいのかもしれない。

でも……シアがいなくなれば、わたしはきっと後悔する。

シアはわたしにとっての脅威かもしれない。

でも、それ以前に、大事な友人で、仲間で、そして妹なのだ。

シアは後ずさりする。

「私は……もう決めたんです！　ここで私は退場するんだって、だから……」

シアが、時計台から飛び降りようとし……。

次の瞬間、わたしはシアを抱きしめていた。

間一髪、間に合った……！

シアは目を白黒させて、わたしを見上げた。

「く、クレア様……」

「ここで死ぬなんて、わたしが許さない」

「で、でも、私のせいで……クレア様が……」

「わたしが破滅したのは、シアのせいじゃない。わたしが……愚かで傲慢だったから。それだけ」

「そんなことないです。私は……クレア様を傷つけてしまって……謝りたくて……」

「謝らないといけないのは、わたしの方だもの。ずっと、ずっと言いたかったの。裏切ってごめんなさい。シアは……わたしの親友だったのに」

シアは目を大きく見開いた。そして、真紅の美しい宝石のような瞳から、ぽろぽろと涙をこぼす。

シアはわたしにぎゅっとしがみついて尋ね返す。

「今でも……クレア様はわたしのことを親友だと思ってくれるんですか？」

「もちろん。シアはわたしの親友。今回は妹でもあるけれどね」

わたしは、くすっと、シアを安心させるように笑ってみせる。

シアはこくんとうなずいた。

「シアが死ぬぐらいだったら、わたしは破滅したっていい。でもね、きっとわたしもシアも、一緒に生きていく道があると思うの」

「……信じていいんですか？」

「わたしはシアのお姉ちゃんだもの。二人で、やり直した人生の道を探しましょう」

わたしの言葉に、シアの目の妖しげな光が薄れていく。

たぶん、もう大丈夫だ。

シアは、何かに……洗脳されて、操られているようだった。

その何かが、消え去ったのだと、わたしは感じた。

もともと時計台の入り口に護衛がいたはずなのに、どうやって気づかれずにここまでシアが来たのか、という問題もある。

なにか……わたしたちの敵が、それこそ魔法を使っているとしか思えない。

考え込んでいると、腕の中のシアが小さく身をよじる。

「そ、その……クレア様」

「なに？」

「ずっと抱きしめられているのは、恥ずかしいです……」

ああ、そうだった！

シアが飛び降りないようにと、思わず抱きしめてしまっていた。

シアの身体はあったかくて、とても心地よかった。

わたしは、頬を赤くするシアに、微笑む。

「そうそう、シア。シアはわたしの妹なんだから、『クレア様』なんていう他人行儀な呼び方は、やめない？」

「え？　で、でも……どうお呼びすれば……？」

前回の人生では、わたしは公爵令嬢、シアは平民の娘だった。

でも、今は違う。姉妹なのだから。

「フィルみたいに、『クレアお姉ちゃん』って呼んでほしいの」

「……そ、そんな！　恐れ多いです……」

「そう呼んでくれないと、ずっと抱きしめたままだから」

シアは呆然とした顔をして、それから、恥ずかしそうに目を伏せる。

そして、小さく唇を動かした。

「……く、クレアお姉ちゃん？」

「そう！　それでいいの」

わたしもシアも、やり直した。

前回の人生の記憶を、忘れることはできない。

でも、やり直したのだから、きっと今までの関係の上に、新しい関係だって作れるはずだ。

「シア、あのね、姉の役割はね、甘やかされたり奉仕されたりすることじゃないと思うの。妹や弟を守ってあげるのが、わたしの役割だから」

「それはクレア様が……いえ、クレアお姉ちゃんが、わたしのことを守ってくれるということですか？」

「そのとおり！」

わたしはその言葉とともに、シアの体を放した。シアはようやく、優しく微笑んでくれた。

「それは……とっても嬉しいです！」

振り返ると、フィルがむうと頬を膨らませている。

ヤキモチを焼いてくれているのかもしれない。可愛いなあ、と思う。

わたしはフィルに近寄り、そっとその頭を撫でた。

フィルはびっくりしたようにわたしを見上げる。

フィルがシアに対して、死んじゃだめだ、と叫ばなかったら、わたしは道を間違えていたかもしれない。

「フィルの言葉のおかげで、わたしは間違えずに済んだの。ありがとう」

「ううん。お姉ちゃんが決めたことだよ。……あのね、『やり直し』って何のことか、教えてほしいな」

そう。わたしはフィルに、やり直しのことを説明しなければならなくなった。

前回の人生で、わたしはフィルに処刑された。そのことをどこまで説明するか、何をフィルに伝えるか、考えないといけない。

それに、シアを操っていた敵が誰なのか、それも知らないといけない。きっとその人物こそが、わたしがやり直したことを知っている。

だけど、今は姉と妹と弟が揃って、帰る場所がある喜びを噛み締めたかった。

赤い夜の魔女の刻印は、消えていた。

今回の人生は、前回の人生とは違う。

わたしもフィルもシアも、一緒だ。

これから、フィルのことも、シアのことも、もっと大事にしないと。

わたしが微笑むと、フィルもシアも、天使のような笑顔を浮かべてくれた。

聖女にできるたった一つのこと：con Sia los Riares

シア・ロス・リアレス。

そんな名前を手に入れてからの私は……とても幸せだった。

前回の人生で、私が不幸にしてしまったクレア様。

わたしもクレア様と同じ家のリアレス公爵家の養子になった。だから、クレア様のそばにずっといることができる。

しかも妹として！

こんなに素敵なことはなかった。

育ててくれた両親のもとを離れるのは寂しかった。けれど、前回の人生での両親が流行り病で亡くなるという出来事を回避するための手立ては用意した。

後はクレア様を破滅の未来から救うだけ。

そうすれば、今回の人生では、私はクレア様と……ずっと親友のままでいることができる。

妹なんだから、もっと仲良くなれるかもしれない。

実際、公爵家のお屋敷で、私はクレア様と一緒にいることができて、とても楽しかった。

ただひとつ、クレア様が、フィル様とすごく仲良しになっていたのは、予想外だった。

前回の人生では、仲の悪かった二人なのに、どうしてしまったのかと思うぐらい、フィル様はクレア様にべったりで、クレア様もフィル様を甘やかしていた。

わたしはその甘々な関係が羨ましかったけれど、きっとわたしの方がクレア様のことを大事に思っている。

……弟より妹の方が優れているって証明してみせるんだから！

フィル様は、前回の人生で、クレア様を処刑した張本人だ。今度は前回みたいな悲劇は決して起こさない！

王宮でのクレア様監禁事件には焦ったけど、おかげで、王太子アルフォンソ殿下も、今回はちゃんとクレア様に好意を持つようになったみたいだし。

前回の人生では、話でしか知らなかったメイドのアリスさんも、とても可愛くて優しかった。

王立学園に入学しても、そんなふうに、私とクレア様、そしてフィル様たちの穏やかな時間は続いていた。

ずっと……こんな時間が続くと思っていた。今日までは。

私は薄暗い部屋の中で目を覚ます。

どこかの……廃墟……あるいは物置、かな。

じめっとした感触が不快で、あたりはすえた臭いがする。

手を動かそうとして、私は縄で拘束されていることに気づいた。

誘拐……されたということみたいだ。

昨日は……バレンシアの別荘で、フィル様と弟妹対決をして……。

その後の記憶がうまく思い出せないけど、どこかのタイミングで一人になり、そのときに拉致されたんだ。

弟妹対決は……楽しかったな、と思う。クレア様のどぎまぎとした表情も、フィル様の焦り顔も、アリスさんの楽しそうな表情も、少し遠く感じられる。

誰が私を監禁したんだろう？

その答はすぐにわかった。

「こんなところに、お連れして申し訳ありません、シアお嬢様」

声の方を向く。壁の隙間からのわずかな光しかないから、顔はうっすらとしか見えない。

それでも、相手の顔ぐらいは見て取れた。

「あなたは……」

バリエンテ子爵家の子息コンラドさん、という名前の少年のはずだ。私たちより一つ下の一年生で、そして、第二王子サグレス殿下の側近だったと思う。

私は戸惑った。

誘拐犯が、同じ王立学園の生徒とは思わなかった。

目的はなんだろう？　身代金、とか？　私も一応公爵家の養女になったわけだし……。

それとも……。

「私はあなたを監禁するつもりはないのです。ただ、少しお話をさせていただきたいと思ったのですよ」

「話？」

この人が私にいったいどんな用事があるというんだろう？

コンラドさんは、印象の残らない、茶色の瞳をわずかに輝かせた。

「まずは、そうですね。やり直し、という現象についてです」

わたしは息を呑んだ。

やり直し。

私は、前回の人生で、クレア様を傷つけてしまった。クレア様が処刑されたのを見て、私は絶望した。

そして、私は……聖女の力を使って、人生をやり直し、十二歳に戻った。

でも、それを知っているのは、私だけのはずだ。

コンラドさんは微笑んだ。

「夜の魔女クレアと暁の聖女シア。あなたたち二人は親友だった。けれど、その関係は破綻した」

「どうして……それを……知っているんですか？」

「それにはお答えしかねます。ただ、私が教えられることは一つありますよ。あなた方お二人は互いを大事に思っていたはずです。それなのに、なぜ、破滅の未来を迎えたのか？」

「……それは……」

私が無神経で、クレア様を傷つけてしまった。私がクレア様からすべてを奪ってしまった。

今回は、そうならないようにすればいい。

そう私は思っていた。けれど……。

「魔女と聖女は相容れない存在なのです。どちらか片方が生きていれば、もう片方は死すべき定めにある」

「それは……」

「それも預言に書かれていることなのですよ」

とコンラドさんは言った。

私は呆然とする。

つまり。それって。私とクレア様が一緒にいることはできないということで。

私が生きているかぎり、またクレア様が死んでしまうということなんだ。

コンラドさんの瞳を私は睨む。

「それが本当だと、どうして言えるんですか？」

「私が前回の人生のことを知っているというだけで十分では？　それに、どうしてクレア・ロス・リアレスが不幸になったかを考えれば、明らかだと思いますが。あなたがいなければ、クレアという少女は何も失わずに済んだ」

私は絶句した。

そう。たしかに、私がいたことで、クレア様はすべてを失った。王太子殿下の愛も、未来の王妃という立場も、学園での華やかな地位も。

人から羨まれ、尊敬される要素を……すべて、私が奪ってしまった。

今回も、そうならないとどうして言えるだろう？

コンラドさんは優しく微笑んだ。

その虚ろな瞳を、私は吸い込まれるように見てしまった。

そういえば……乙女ゲーム『夜の欠片』の攻略対象は、アルフォンソ、フィル、サグレスたちと並んで……コンラドという名前のキャラクターもいたような……。

急に頭が鋭く痛む。

何か……変だ。

「あなたが、あのクレアという令嬢を真に思い、大切だと言うのなら、あなたが彼女にできる最大のことはたった一つ。死ぬことです」

「そんな……！　私がいないと……クレア様は……」

言いかけて、私の言葉は止まる。

あれ？

私はクレア様のことが大事だ。

でも、クレア様は……？　私がいなくても……きっと平気だ。

フィル様を大事にするクレア様のことを思い出し、私は胸が痛くなる。

クレア様の瞳には、いつも私は映っていなくて。

きっとクレア様は……私のことを必要としていない。

それなら、私がいなくなれば……クレア様は幸せになれるのかもしれない。

コンラドさんが私にささやく。

「クレアの前であなたが自殺する。そうすれば、あなたの記憶は、永遠にクレアの中に残る」

「私が……永遠にクレア様の中に……」

そして、私はその言葉に魅入られ……そして、頭の中でカチっと音が鳴る。

不思議な感覚だ。まるで……魔法にでもかけられたような……。

コンラドさんは、さらに言葉を重ねる。

「それともう一つ。あのクレアという娘も、やり直していますよ」

「……え？」

「前回の人生の記憶があるということです」

……衝撃だった。それってつまり、私のせいでクレア様が破滅したことを、すべて覚えているということで……。それなら、当然、私は今でもクレア様に憎まれているということで……。

混乱のなか、私の意識は……暗転した。

次に気づいたとき、私はバレンシアの街の時計台の最上階に立っていた。

バレンシアの街を見合わせる場所のはずだけれど、激しい雨のせいで、外の風景を眺めることはできなかった。

そして、そこにはクレア様がいた。寄り添うように、フィル様もいる。

胸が……とても痛い。やっぱり、フィル様がいれば、わたしなんてきっといらないんだ。

わたしは何かにとりつかれたように、クレア様のそばへと、ふらふらと歩み出た。クレア様は美しい茶色の目を大きく見開いた。

「シア！　どこ行っていたの⁉」

「突然いなくなってしまってごめんなさい」

「ともかく、シアが無事でいてくれてよかった」

そう言って、クレア様はほっとため息をついた。……心配、してくれていたのかな。

ううん……そんなわけない。だって、クレア様には、前回の人生の記憶がある。それなら、私を憎んでいて当然だ。

「本当に……そう思ってくれていますか？」

「え？」

「本当は、クレア様はわたしのことなんて、どうでもいいんじゃないですか？」。

「そんなこと……ない！」

クレア様はきっぱりと否定してくれたけれど……でも、そんなの、信じることはできなかった。

私のせいでクレア様は破滅した。私がいなくても、クレア様にはフィル様がいる。だから、私のことなんて、いらないはずだ。

「クレア様の嘘つき」

「嘘なんかじゃない。シアは……わたしの妹で、友人で、仲間だもの」

それでも、クレア様は言葉を重ねてくれた。私のことを妹だと、友人だと、仲間だと言ってくれた。そんな資格、私にはないのに。

「……私がいると、クレア様を不幸にしてしまうんです」

「どうして？」

「夜の魔女と、暁の聖女は、相反する存在だから。互いが互いを傷つける運命にあるから……。嘘つきは私なんです。私は……これがシアとしての二度目の人生なんです」

「ど、どういうこと？」

「前回の人生でも、私はクレア様と出会いました。学園の同級生として、ただの平民として。そんな私にクレア様はとっても優しくしてくれて、居場所を与えてくれて……嬉しかったんです」

「シア……まさか……前回の人生のことを……覚えているの？」

ああ……コンラドさんが言ったことは本当だったんだ。クレア様はすべて覚えている。私のせいで、すべてを奪われ、死んでしまったという過去を、知っているんだ。それなら、もう、私は絶対にクレア様のそばにはいられない。

「……私のせいで、クレア様は不幸になってしまいました。だから……十二歳に戻って、やり直したとき、今度はクレア様を幸せにしようって思っていたんです。私がクレア様を救うんだって、決めていたんです！　でも……」

そこまで言ってから、私はフィル様を見る。フィル様は、そのとても可愛らしい顔に真剣な表情を浮かべていた。

「クレア様には、フィル様がいて、私なんかいなくても幸せそうで……。むしろ私がいることで、前回の人生みたいに、クレア様を不幸にしちゃうんじゃないかって気づいたんです」

「そんなこと……」

ない、とクレア様は言ってくれなかった。

私は無理に微笑んでみせる。

「私は……ある人に教えてもらったんです。クレア様も『やり直し』をしていることを。クレア様も前回の人生の記憶があることを。そうですよね？」

「……た、たしかにそうだけど……そんなことをいったい誰が……？」

「誰だっていいじゃないですか。前回の人生の記憶があるなら、クレア様は、きっと私のことを憎んでいる。この世からいなくなればいいと思っている。クレア様は……私のことを……死んじゃえって思っているんです」

「だから、私は、ここで、クレア様の目の前で死ぬんです。そうすれば、クレア様がもう不幸になることもありませんから。代わりに私のことは、永遠にクレア様を救った存在として記憶に残ることになるんです」

クレア様は……憔悴した表情で、何も言わなかった。

そう。クレア様は、私の言っていることが、正しいとわかっているんだ。暁の聖女である私は、夜の魔女であるクレア様にとっての最大の脅威だ。

ここで、私が死ぬこと。それだけが、クレア様のために、私にできることだ。

「そんなの間違っているよ」

フィル様がつぶやいた。

驚いて、私はフィル様を見る。フィル様の黒い綺麗な瞳は……激しい怒りの色があった。

そんなふうに怒るフィル様を見るのは……初めてで……。前回の人生だって、フィル様のこんな表情を見たことはない。

「シアさんは……勝手だよ。シアさんが死んで、お姉ちゃんが悲しまないわけないよ」

「フィル様は何も知らないから……そう言えるんです」

私の言葉に、フィル様は首を横に振った。

「やり直しっていうのが、何のことかぼくにはわからない。でもね、シアさんが死んだほうがいいなんて、そんなこと……クレアお姉ちゃんが思うわけがない！　妹が死んで、悲しまないお姉ちゃんなんて、いないよ」

……そうなんだろうか？　私が死んだら、クレア様は悲しむの？

本当に？

クレア様は、私のことを、友人で、仲間で、妹だと言ってくれた。フィル様は、妹が死んで悲しまない姉はいないと言った。

クレア様の言葉が、フィル様の言葉が、私に迷いを生じさせる。頭の中に靄がかかったように、私は混乱した。ダメだ……。私は、ここでいなくなるって決めたのに。それでも、クレア様たちのそばにいたいと願ってしまう。

私は、自分に言い聞かせるように、口を動かした。

「私は……もう決めたんです！　ここで私は退場するんだって、だから……」

時計台の下に待っているのは、死だ。そして、クレア様にとっての救い。私はそこから飛び降りようとして……。

次の瞬間、私はクレア様に抱きしめられていた。温かく柔らかい腕に、ぎゅっとされて……。

「く、クレア様……」

「ここで死ぬなんて、わたしが許さない」

クレア様は、茶色の綺麗な瞳に、燃えるような強い意志の光が輝く。私は自分の決意が揺らぐのを感じた。

「で、でも、私のせいで……クレア様が……」

「わたしが破滅したのは、シアのせいじゃない。わたしが……愚かで傲慢だったから。それだけ」

「そんなことないです。私は……クレア様を傷つけてしまって……謝りたくて……」

「謝らないといけないのは、わたしの方だもの。ずっと、ずっと言いたかったの。裏切ってごめんなさい。シアは……わたしの親友だったのに」

親友……？　クレア様は、私のことを、そう呼んでくれたの？　信じられず、私は問い返した。

「今でも……クレア様はわたしのことを親友だと思ってくれるんですか？」

「もちろん。シアはわたしの親友。今回は妹でもあるけれどね。……シアが死ぬぐらいだったら、わたしは破滅したっていい！　でもね、きっとわたしもシアも、一緒に生きていく道があると思うの」

「……信じていいんですか？」

「わたしはシアのお姉ちゃんだもの。二人で、やり直した人生の道を探しましょう」

クレア様の優しい言葉が、私の胸に、すっと染み込んでいく。そして、頭にかかった靄が晴れる。

どうして……私は死のうなんて、思っていたんだろう？　こんなにクレア様は優しくて、そして、私のことも必要としてくれているのに。

クレア様に抱きしめられながら、私は思う。

私は暁の聖女で、クレア様は夜の魔女だ。でも、それ以前に、私たちは親友で、そして姉妹なのだった。破滅の運命はいずれやってくるかもしれない。

でも、逃げずに立ち向かってみよう。

だって、私には、クレア様が……クレアお姉ちゃんがいるのだから。

第七・五章

過去と現在

Ⅰ　アラン・ロス・リアレスの日常

俺は帝都の街を歩きながら、身を震わせた。

このあいだまでは軍の任務で南方にいたので、着馴れたインバネスコートだけでは、帝都の寒さには耐えられないかもしれない。

昼間なのに、ずいぶんと冷え込む。それなのに、街の道は人がごった返していた。

ここは統一ソレイユ帝国の帝都アポロニアだった。

統一暦二八六年の現在、ソレイユ帝国は大陸の過半を支配している。

その帝都アポロニアは、何百万という人口を擁する巨大な魔法都市だった。

だが、帝国の大陸支配は、動揺しつつあった。

俺は自分の軍人手帳を見る。そこには「アラン・リアレス少佐」と俺の名前と階級が書かれている。

俺は帝国の情報将校だった。

でも、それもあと少しだけのこと。

軍をやめることにしたからだ。二十代半ばで軍をやめるというのも、珍しいことじゃない。

軍にいたということは、一種のステータスにもなるし、次の職にも困らない。俺は腐っても少佐なので、なおさらだ。

軍をやめる理由は人によっていろいろあるけれど、俺の場合はシンプルだった。

大事な人のそばにいたい、という、気恥ずかしい理由だ。

「アランくん、寒そうだね」

そう言って振り向いたのは、俺の義姉のソフィアだった。

純白の服のスカートの裾がふわりと翻り、金色の美しく長い髪も風に揺れる。

翡翠色の瞳は、俺のことを嬉しそうに見つめていた。

「マフラー、かけてあげる」

そう言って、ソフィアは赤いマフラーを俺の首にかけた。

ソフィアの白い指先が、俺の首筋に触れ、どきりとする。

俺は自分が赤面するのを感じて、そして、ソフィアを見ると、ソフィアもその整った顔を赤くしていた。

俺は思わず、ソフィアにみとれてしまう。彼女はまた魔法理論の天才で、さらにその人間離れした美しさもあって、帝都ではかなり人気が高い。

聖女ソフィア、という称号は、教会が与えたものだけれど、彼女の美しさと優しさにもぴったりだった。

ソフィアが俺の両親の養子になったのは、十二歳のとき、以来、十五年が経つ。けれど、ソフィアを見るたびに、不思議な甘い感覚に襲われる。

俺より二つ年上の女性だけれど、見た目は十七歳の少女のときから変わっていない。

それは彼女の身体を蝕む病のせいだった。

ソフィアは恥ずかしそうに微笑んだ。

「マフラーかけるだけで、こんなに恥ずかしがってたら、ダメだよね。だって……わたしたちは……」

「姉と弟だから？」

「そうじゃないでしょう？　その……」

ソフィアは目をそらし、白い手をもじもじとさせる。

言いたいことは、俺もわかった。

そう。

もう、俺とソフィアは、ただの姉と弟じゃない。

軍を辞めると決めたとき、俺から告白したのだ。

「婚約者だから、だよね」

と俺は優しく言う。

ソフィアはかあっと顔をますます赤くした。

そんなに恥ずかしがらなくてもいいのに、と思う。けど、ずっと姉と弟の関係だったから、仕方がないかもしれない。正式に婚約者になったのも、昨日のことだった。

そういう俺もいまだに新しい関係には、慣れていないし。

「あっ、アランくん。そ、そこの屋台の綿あめ、美味しそうじゃない？」

……恥ずかしさに耐えられなくなって、ごまかしたな。

俺は肩をすくめて、その安いお菓子を一つ買って、ソフィアに手渡した。

まあ、そもそも、俺たちは屋台を見に来たということもある。

帝都三大祭の一つ、謝肉祭が開催されているのだ。

大通りには、色とりどりの飾りを施した山車が練り歩いていて、観客が歓声を上げている。

他にも、吸血鬼だとか悪魔だとか、多くの仮装をした人たちが、楽しげに街を歩いている。

俺たちも、その祭りを楽しみに来たというわけで。

ソフィアはいつのまにか、綿あめを手にしていて、子どものように目を輝かせている。

その様子を見て、俺は微笑ましくなった。

この祭りを見ていると、帝国が滅ぶなんて、とても思えない。帝国の繁栄が以前ほどのものでなくなるとしても、影も形もなくなってしまうなんて……。

けれど、目の前で綿あめを楽しむソフィアこそ、帝国の滅亡を予言した張本人だった。

ソフィアの無邪気な表情を見ていると、まったく実感はわかないけれど。

俺が帝都に戻ってきた日。ソフィアは階差機関《ディファレンス・エンジン》という魔法機械を使って、未来の歴史を予言することに成功した、と告げた。

その予言によれば、二百年後に統一ソレイユ帝国は滅び、そして、激しい戦争が続いて文明は衰退。

そのままだと、数百年後には、人類そのものが消失するという。

そこで、ソフィアが代わりに描き出したもうひとつの歴史が「ソフィア・ルート」だ。ソフィアの計画で修正された予言の中には、千四百年の歴史が緻密に描かれている。

その予言に従えば、人類は破滅を回避できる、という。

俺は、ソフィアの言葉を疑っていない。魔法理論を熟知した天才聖女ソフィアが……俺の姉の言うことだからだ。

ただ、あまりにもソフィアの言葉は、常識からかけ離れていた。

そのときのソフィアは……俺の知らない表情をしていた。まるで神がかったような……不思議な陶酔の表情。

俺がそのとき感じたのは……恐怖だった。そして、俺はそれ以上、ソフィアに詳しいことを尋ねられなかった。

考えてみると、俺は十五年も一緒にいるのに、ソフィアのことを、本当は何も知らないのかもしれない。

ソフィアは魔法理論の研究者、俺は軍人と道は別れたけれど、いつも互いのことを理解しているつもりでいた。

けれど……。

俺のことを純粋な笑顔で好きだと言ってくれるソフィア。

そして、魔法理論に基づく壮大な計画を実行しようとするソフィア。

どちらが、本物の彼女なのだろう？

俺が見つめているのに気づいたのか、ソフィアは首をかしげる。

「どうしたの？　アランくんも綿あめ、食べる？」

「ああ、もらおうかな」

「え？」

俺は何気なしにソフィアから綿あめを受け取って、それを口にした。

目の前のソフィアを見ると、ソフィアは口をぱくぱくさせていた。

そして、俺は気づいた。

そっか、これはソフィアが食べていた綿あめなのか。

何も考えていなかった。

ソフィアは、もちろん綿あめをとられたことを怒っているのではなく……照れているのだ。

同じ食べ物を共有するなんて……まるで……。

「恋人みたいだね」

とソフィアは微笑んだ。

俺も気恥ずかしくなって、けれど、昔のことを思い返す。

「小さな頃は……こうやってお菓子を分け合ったこともよくあったような……」

「それは子どもだったからでしょ？　でも、今は……」

たしかに、二人とも大人なのだ。

まあ、ソフィアは特殊な病気のせいで、見た目は少女時代から変わっていないわけだけれど。

その後も、ソフィアは上機嫌で、俺も楽しかった。

軍の任務で遠方にいた頃は、ソフィアと出かけることもできなかったし。

これはまあ、デートということになるんだと思う。

こうして普通に祭りを楽しむソフィアの姿と、熱をこめて予言を語るソフィアとはやっぱり印象が違って、どちらが本物のソフィアなのか、考えてしまう。

いや、どちらも本物なのに、俺が理解できていないだけなんだ。

その二つの姿をつなぐ鍵があるはずなのに、俺は気づけていない。

それなのに、俺はソフィアとずっと一緒にいると言った。その資格は俺にあるんだろうか？

もう、ソフィアに残された時間は多くない。

そんなソフィアに俺ができることは……ソフィアの望みを、彼女の予言を正しく理解することなんじゃないだろうか？

俺はソフィアの言葉を思い出した。

予言について語るとき、ソフィアは言っていた。

ソフィア・ルート実現のための鍵となる人物が、未来の歴史の中には散りばめられている。

その中で、最も重要なのは、人類最後の災いをもたらす存在、『夜の魔女』と呼ばれる少女だという。

その名は……クレア・ロス・リアレス。

俺とソフィアのあいだに生まれる子どもの、千四百年後の子孫ということらしい。

ええと、俺とソフィアのあいだの子ども……。

考えて、俺は恥ずかしくなってきた。

そんなとき、俺は正面から来たなにかにぶつかった。

とっさに身構えたのは軍人のくせで、けれど、ぶつかる前に気づかなかったのは、気分が浮ついていたせいかもしれない。

「あっ……ごめんなさい」

高い、小さな声がする。

俺にぶつかったのは、幼い子どもだった。
七、八歳ぐらいだろうか。銀色の髪の愛くるしい容姿の女の子だった。
まるで、ソフィアをそのまま小さくしたかのような少女だ。

ちゃんとした身なりをしていて、あたたかそうなコートを着ている。上等な毛皮のものだから、裕福な家の子だと思う。

ただ、あたりに親の姿はない。

俺が、大丈夫？　と声をかける前に、ソフィアが身をかがめ、「可愛い！」と言って、その子の頭を撫でていた。

戸惑った様子で、その子は俺たちを青い瞳で上目遣いに見た。

「えっと……その……」

「迷子なの？」

というソフィアの問いかけに、こくりとその子はうなずいた。父親と一緒に祭りに来て、はぐれてしまったらしい。

ソフィアは微笑んだ。

「じゃあ、一緒にお父さんを捜そっか」

そういうと、女の子は、こくこくとうなずき、「ありがとうございます」と小声で言った。

そして、フィリア、という名前だとその子は名乗った。

幸い、はぐれたタイミングはそれほど前のことじゃないはずだし、きっと父親もこのあたりで捜しているだろうから、すぐに見つかるんじゃないだろうか。

不安なのか、フィリアという子は、ぎゅっとソフィアの服の裾をつまんだ。

ソフィアはそんな少女の様子を愛おしそうに見つめる。

そして、俺を見て、そっとささやく。

「子どもは男の子と女の子とどっちがいい？」

ソフィアのいたずらっぽい笑みに俺は思わずどきりとして、そしてうろたえた。

さっきは婚約者だということだけで恥ずかしそうにしていたのに、急にどうしたというのか。

正面から答える代わりに、俺の口から出たのは、照れ隠しだった。

「予言でわかるんじゃないの？」

予言のことには触れないようにしていたのに、こんな形で、照れ隠しとして使うことになるとは思わなかった。

ソフィアは笑顔を見せた。

「階差機関《ディファレンス・エンジン》でわかるのは、大きな歴史の流れだけだよ？　人の集団での動きには法則があるけど、わたしとアランくんの赤ちゃんがどちらになるか、まではわからないかな」

「ああ、なるほど。さすがにそんな細かいことはわからないか」

「わたしたちにとっては、歴史の流れよりも重要なことだけどね」

くすっとソフィアは笑った。

それはたしかに……そうかもしれない。

きゃっきゃっ、と子どもたちがはしゃぎながら、傍を通っていく。反対側からは、ひときわ大きな山車が通り、また歓声が上がった。

俺は意を決してソフィアに尋ねてみた。

「あのさ、ソフィア。俺たちの子孫の……クレアという少女が、未来の歴史の鍵を握るって言ってたよね？　その子はどうなるの？」

「アランくんはどうなると思う？」

「夜の魔女、という名前で、人類最後の災いをもたらす存在、と言ってたよね。そう聞くと……ろくな目にあわなさそうだ。俺たちの子孫なのに」

俺が冗談めかしていうと、ソフィアは遠い目をした。

……本当に、クレアという少女は、俺たちの子孫はひどい目にあうのかもしれない。

そうだとすれば、どうしてソフィアは、そんな役割を俺たちの子孫に負わせるのだろう？

「お姉ちゃんたちは何の話をしているの？」

フィリアが首をかしげ、銀色の髪がふわりと揺れる。

不思議そうに青い瞳を丸くしている。

俺とソフィアは顔を見合わせ、くすっと笑った。

「ごめん、ごめん」

そうだった。

今はこの子の父親を捜すのが優先だ。

「ところで、君のお父さんって名前は何ていうの？」

「えっとね、ルイ・ルフェーブルって名前なの」

俺はぴたっと足を止めた。

ルイ・ルフェーブル、といえば、帝国陸軍の将軍の一人。西部アレマニアの反乱鎮圧の司令官だ。

有能な指揮官だと聞くけれど……休暇で戻ってきているのか。

……このタイミングで？

まだまだ西部の反乱は収まる気配がないし、不思議といえば、不思議だ。

ともかく、まさかの同じ軍人の子どもだったとは。

しかも将軍。

俺は軍をやめるといっても、軍との関係が切れるわけじゃない。

丁重に扱わないと。

フィリアは小声で言う。

「お父さんはね……いつも忙しくて……遠い場所で戦っていて……。だから、わたしに会ってくれないの」

「そうだろうね。でも、君のお父さんはみんなから尊敬されているよ」

「そうなのかもしれないけど、でも、そんなことより……」

自分を大事にしてほしい。

七歳の少女なのだから、そう思って当然だ。

「お父さんは、今日は帝都に戻ってきたからって、お祭りに連れてきてくれたんだけど……」

はぐれてしまったというわけか。

おとなしそうな子だし、自分から父親のそばから離れたとは思えないけど、この人混みでは仕方ないかもしれない。

ルフェーブル将軍もさぞかし心配しているだろう。

銃声が鳴り響いたのは、ほぼ同時だった。

通りの人々が一斉にそちらを振り返る。

そこには若い男が銃を構えていて、その視線の先に立派な身なりの紳士がいた。

紳士は……見たことがある。

ルフェーブル将軍だ！

通りがかった女性が悲鳴を上げる。

将軍が暗殺者に襲われているらしい。軍に恨みを持つ人間は多いし、将軍は西部戦線の責任者だから、反乱軍関係者が帝都に紛れ込んだのかもしれない。

最初の一発は将軍に当たらなかったようだ。大して拳銃の腕が良いわけではないようだ。

とはいえ、暗殺者と将軍はそれほど距離がない。将軍は銃を抜いて反撃しようとしたが手がもつれたのか銃を構えるのに手間取った。

そして、暗殺者が二発目の引き金を引こうとする。

「お父さん！」

フィリアが悲鳴を上げる。

そのままであれば、将軍は暗殺者の餌食となっていただろう。

だが……。

次の瞬間、男は拳銃を取り落としていた。

「なっ……」

男はうめき、赤くなった自分の腕を見て、絶句した。

男の手は弾丸で撃ち抜かれていた。

俺の拳銃の弾が、相手の男の手を撃ち抜いたのだ。

俺は銃をしまい、ほっとため息をつく。

いちおう、俺は軍人で、そして情報将校だから、一人で戦う必要があることも多い。自慢じゃないが、拳銃の腕はそれなりに良い方だと思っている。

しかし、帝都の真っ昼間でこんな事件が起こるようでは、安心できないな。俺も情報将校の一人として、暗殺の対象になってもおかしくないわけで……。

駆けつけた市警の制服警官たちが男を取り抑えている。

一件落着だ。

将軍がやってきて、俺に礼を言いかけたが、その前にフィリアが将軍へと抱きついた。

突然抱きつかれて、将軍は困ったような顔をしたが、けれど、その顔には娘への愛情が溢れていた。

ソフィアは俺にそっと近寄った。

「フィリアちゃんのお父さんが無事で良かった。アランくんのおかげだね」

「まあ、うん。そうかもね」

理不尽に父親を亡くすという不幸から、俺はフィリアという少女を守ってやれた。

けれど、将軍を暗殺しようとした人間にも、それなりの「正義」があったはずだ。西部では、多くの反乱軍の関係者が、弾圧で殺されている。

その中には、フィリアと同じような小さな子どもも含まれていると聞く。

それはまた、別の理不尽があるのだ。

ソフィアはささやく。

「あのままだったら、ルフェーブル将軍は死んでいた。でも、アランくんがいたことで、それは防げたでしょう？　運命は変えられるの」

「未来の歴史も同じ、ということかな」

「そう。わたしは……ソフィア・ルートの実現で、この世からすべての理不尽をなくしたいの」

ソフィアは優しく微笑んだ。

ただ、もう、防ぐことのできない理不尽はある。

「わたしは、すぐに死んじゃう。けどね、わたしとアランくんみたいな人たちが、千四百年後にも平和で幸せに生きることができるようにしたい。それがわたしの願いなの」

「クレアって子も、そんなふうに幸せに生きることができるってこと？」

「それはクレア次第。その子はわたしの分身で、運命を変えられるかどうかは、その子の意志と決断にかかっている。ソフィア・ルートを、ううん、クレア・ルートの完成が、その子を破滅の運命から救うはず」

「俺たちの子孫は、たった一人でそんな大変な役割を背負うわけか……」

俺は未来の自分の子孫に同情した。

けれど、ソフィアは首を横に振り、そして、いたずらっぽく笑った。

「クレアは一人じゃないの。彼女のそばに、彼女の大事な人がいて、その人が彼女のことを助けてくれるから」

「大事な人って……」

「その子の名前は、フィル・ロス・リアレス。クレアの義理の弟。つまりね、アランくんがわたしを助けてくれるように、フィルがクレアのことを助けてくれるの。ロマンチックだと思わない?」

ソフィアと俺は、血のつながらない姉弟で、そして互いに惹かれて、婚約者となった。

クレアとフィルも、同じような関係になるんだろうか?

ソフィアはそれ以上、クレアたちについて何も言わなかった。

だけど、俺は、ソフィアのことを少し理解できた気がした。

予言の実現は、ソフィアにとって、今ここにある幸せを、未来にも残しておくということなのだと思う。

彼女自身の命はすぐに消え去るとしても、未来の人類を破滅から救うことで、未来にも俺とソフィアのような人たちが生きていくことができる。

そうだとすれば、俺のことを好きだと言ってくれるソフィアも、ソフィア・ルートを実行しようとするソフィアも、同じ一人の人間として、理解できる。

ソフィアは俺の腕をぎゅっと抱きしめた。ふわりとソフィアから甘い香りがして、俺はくらりとする。

「そ、ソフィア？」

「それにね、クレアはわたしたちも見守っているもの。アランくんは、ずっと一緒にいてくれるって約束してくれたよね？」

「たしかに、そうだけど……」

ソフィアに残された命は多くない。あと数年、俺はソフィアと一緒にいるつもりだった。

けれど、ソフィアの言葉は別の意味を持っていた。

ソフィアの翡翠色の瞳が妖しく光る。

「わたしの体は、数年後には灰になってる。でもね、魂を残すことはできるの。階差機関《ディファレンス・エンジン》にわたしの思考回路をすべて移植することで、わたしは永遠の命を手に入れる。それはアランくんも同じだよ」

「まさか俺も階差機関《ディファレンス・エンジン》に……」

一緒に未来の歴史を見守ってほしい、とソフィアは言っていた。それは……こういう意味だったのか！

たしかに、ソフィアの階差機関《ディファレンス・エンジン》は、全世界の未来を予測するほどの高性能な魔法機械だ。

人間二人分の思考回路を再現することは、簡単なことだろう。

恐れる俺に、ソフィアは優しく……とても優しく、そして甘い笑みを浮かべた。

「ずっと一緒だよ、アランくん」

Ⅱ　本物と偽物

宝石。

その美しさは、人の心を捉えて離さない。

いま、そんな宝石が、わたしとフィルの目の前にあった。

薄暗い宝物庫はレンガ造りで、さほど広くない。けれど、驚くほどのたくさんの宝石がガラスのケースに分けられて展示されていた。どのケースにも厳重に鍵がかけられている。

エメラルド、ルビー、サファイア、アレキサンドライト……。

「綺麗ね」

わたしは、そんな平凡な言葉を漏らし、感嘆のため息をつく。フィルも同感のようで、こくこくとうなずいていた。

ここにある宝石は、どれも一級品だ。

単に美しいだけじゃない。

綺麗なものを見れば、人はそれに惹かれる。ごく自然なことだ。

でも、宝石の価値はもう一つある。

それが希少なものであるということだ。単に美しい鉱物だったら、いくらでもあるけれど、その中で高い値段で取引されるのは、ルビー、サファイア、そしてダイヤモンドなどの珍しい鉱物のみだ。わたしとフィルの持っているペンダントの輝魔石も、それは同じだ。

この宝物庫は、ディアマンテ子爵家の屋敷の中にあった。そして、宝石商でもある子爵家が、その全力を挙げて集めた貴重な品々がここにあるのだ。

滅びた大公国の君主が使用していた王冠に埋め込まれたサファイア。名門貴族が資金のために手放した世界最大のエメラルド原石。

そういったものを見ることができるのも、わたしが公爵令嬢だったからだ。公爵家が懇意にしているディアマンテ子爵家に、わたしたちは招かれているのだ。

魔法学園は夏季休暇中で、時間はたっぷりあったし、わたしはその招待に飛びついた。

フィルをここに連れてくると喜んでくれるだろうとわたしは思っていた。フィルは古いものが大好きで、それは考古学の遺物にとどまらない。

宝石には、歴史がある。宝石商の扱う品の多くは還流品、つまりかつて人が使用していたものだからだ。狙い通り、フィルは熱心に宝石に見入っていた。喜んでもらえて、姉としてのわたしも満足だ。

隅の方にある、あまり目立たない石に、わたしは目を留める。

それは真っ黒なスピネルだった。小さくて、可愛らしい石だ。

わたしはいつも、フィルの瞳を宝石みたいだと思っているけれど、この宝石はフィルの瞳にそっくりだ。

わたしがそう言うと、フィルは顔を赤くした。

「は、恥ずかしいこと言わないでよ……」

「ダメだった？」

「ダメじゃないけど……むしろ嬉しいけど……」

フィルはふるふると首を横に振り、照れ隠しをするように宝物庫の奥へと足をすすめる。

最後に、わたしたちは宝物庫の一番奥にたどり着く。

そこには、宝石の中の宝石がある。美しさという意味でも、貴重さという意味でも、そして、その宝石が持つ意義においても、史上最高の宝石だ。

それは、人の握りこぶしほどの大きさを誇る、巨大なブルーダイヤモンドだった。

それは「カロリスタの青い星」とも呼ばれる、この大陸で最も美しい宝石の一つだった。

青く透明な石は、ランプの光に照らされ、ガラスケースの中で、圧倒的な存在感で輝いている。

わたしは息を呑み、その宝石を見つめた。隣のフィルも、宝石の存在感に圧倒されているようだった。

いつのまにか、一人の若い女性がわたしたちのすぐそばに来ていて、声をかける。

「クレア様、フィル様。いかがでしょうか？」

「とても……美しいですね」

わたしが問いに答えると、相手の女性はにっこりと微笑んだ。

背の高い、二十代後半の女性だ。黒く長い髪をさっぱりと短くしている。

同じ黒色の瞳は、意志が強そうで、とても澄んでいた。

美しく、そして凛々しい雰囲気の人だった。

思わず、憧れてしまう。

グリセルダ・ラ・ディアマンテ、というのが彼女の名前だった。

ディアマンテ子爵家の女当主だ。

グリセルダさんは、ドレスではなく、機能的なジャケットとスラックス姿だった。

それは彼女が貴族の当主であるだけではなく、宝石商のディアマンテ商会の主人でもあるからだ。

もともとディアマンテ子爵家は、リアレス公爵家の庇護下にある貴族の家の一つだった。

だけど、子爵家は貧窮していて、領地もほとんど売り払っていたから、先代までは完全に没落貴族だった。

それを立て直したのが、グリセルダさんだ。

彼女は成人すると、わずかに残っていた子爵家の財産を売り払い、その資金を元手に宝石商を始めた。

カロリスタ王国では、裕福な貴族と没落貴族の二極化が進んでいる。貴族じゃない大金持ちの大商人も現れ始めた。

だからこそ、豊かな貴族や大商人は、宝石を買い求め、宝石市場が拡大しつつある。

グリセルダさんはそんな状況を見据えて、宝石商をはじめたわけで、そして事業を急拡大した。

いまや、ディアマンテ商会はかなりの規模になっている。

その扱う宝石は、ものすごく貴重なものも多く、王室や七大貴族の御用達だった。

わたしは宝石を眺めながら、感嘆のため息をつく。

自分の力で……ここまで成功できるなんて、すごい。

所詮、わたしは前回の人生では、公爵令嬢にして王太子の婚約者という身分があるだけだった。

もちろん、その高い身分にふさわしい存在になるように努力はしていた。けれど、結局の所、父が大貴族だから、わたしは高貴な身分だったにすぎない。

グリセルダさんは違う。自分の力で道を切り開いたわけだ。

憧れてしまう。

わたしがそう言うと、グリセルダさんは面映そうに、ぽりぽりと黒い髪をかいた。

「いえ、その、私もそれほど立派な人間というわけではございません。運と周囲に恵まれただけです。それに、ご存知とは思いますが、もともとは父の影響ではじめた仕事ですから」

グリセルダさんの穏やかな言葉に、フィルが口をはさむ。

「……カミロさん、ですよね」

「おや、ご存知なのですね」

グリセルダさんは、優しくフィルを見つめた。人見知りのフィルはこくこくとうなずいた。

「そ、その、有名ですから。『カロリスタの青い星』を探しだした英雄ですよね」

「たしかに、私の父は世間ではそんなふうに呼ばれていましたね。でも、あの人は英雄なんかじゃなくて、ただの宝石好きのロマンチストなのかもしれません」

遠い目をして、グリセルダさんはため息をついた。

グリセルダさんの父カミロさんは、先代のディアマンテ子爵だ。けれど、貴族としてよりも、ある種の冒険者としての方が有名だった。

ただでさえ、ディアマンテ子爵家は困窮していたのに、その財産を使い、大陸中を放浪していたのだという。

もともと貴族とか領主とか、そういう堅苦しいことが苦手な人だったのかもしれない。

やがて、彼はある宝石の噂を耳にした。

百年前、カロリスタ東部の鉱山で、稀に見るような大型のダイヤモンドの原石が見つかった。

しかも、めったに産出されない青色のダイヤモンドだ。

当時の大貴族の一人バトゥレ公爵はその原石を手に入れると、宝石細工の名人の手でカットさせた。

そして、生まれたのが、「カロリスタの青い星」と呼ばれるダイヤモンドだった。

しかし、そのダイヤモンドは、カロリスタから失われた。

バトゥレ公爵は病没し、その後継者たちも流行り病にかかって亡くなった。

混乱の中、断絶した公爵家の財産は国庫に収められるはずだったが、気づけば「青い星」はなくなっていた。盗まれたのだ。

その宝石が、隣国のアレマニア専制公国の悪徳貴族の手の中にあるという噂を、カミロさんは聞きつけた。

その悪徳貴族は、違法な盗品の「青い星」を所持していたわけだ。

カミロさんは冒険的なことが好きだったようで、「青い星」をカロリスタに取り返す決意をしたらしい。

彼はアレマニアに滞在し、そして機会を窺った。

しばらくして、その悪徳貴族が国庫に属する財産を不正に流用していた証拠をつかんで告発。アレマニアの君主である専制公から恩賞を与えられることになり、カミロさんは「青い星」をめでたく手に入れたのだ。

カミロさん自身は、それから間もなく病死したけれど、今でもその偉業は語り継がれている。そして、その娘のグリセルダさんは、父親に影響を受けて、宝石商となったわけだ。

グリセルダさんは穏やかな表情で経緯を改めて語ってくれた。

「まあ、できすぎた話のような気もしますけれど、ともかく、至高の宝石『カロリスタの青い星』を取り返すことはできました。本来であれば、王室にお返しすべきところですが、恐れ多くも陛下は、我が子爵家に下賜いただきましたし」

「もし売れば、凄まじいお金になるのでしょうね」

わたしが言うと、グリセルダさんはくすりと笑った。

そして、優しくわたしを見つめる。

「この宝石を買える人間がいれば、ですけれどね。かつてバトゥレ公爵は、たとえ大陸を統一した帝国一つを対価としても、この宝石を手放すつもりはないと豪語していたそうです。それは私も同じですよ」

わたしはあ然としてグリセルダさんを見つめたが、グリセルダさんは本気のようだった。

大げさに言っているのかもしれないけれど、それでも、お金には替えられない価値があることはよくわかった。

もともと、この宝石はめったに客人にも見せないらしい。リアレス公爵の子弟だから、特別に見せてもらえているのだ。

「それに宝石商は、一番良い宝石は売らないものなのです」

なぜ？　とわたしは口にしかけたけれど、その前にフィルがおずおずと言う。

「同じ種類の宝石で、一番良い石は基準として持っておくんですよね」

グリセルダさんはうなずくと、嬉しそうな顔でフィルの髪をくしゃくしゃっと撫でた。

「本当にフィル様は聡明ですね。どうして私たちの仕事のことをおわかりになるんですか？」

「えっと、本で知っただけです。新しく宝石を買うときに参考にして、もし新しく仕入れた石の方が良いものなら、そちらの方を残しておくんだって読みました」

なるほど。

そういう理由なんだ。だから、この宝物庫には最高級品の宝石ばかりが集まっているわけだ。

それにしても、フィルはもともと博識だったけれど、この一年でますます磨きをかけたような気がする。

わたしの視線に気づいたのか、フィルは照れくさそうに微笑んだ。

そして、小声でわたしにささやく。

「お屋敷でたくさん本を読んだから。だって……お姉ちゃんがいなくて退屈だったから」

そう言って、フィルは頬を赤くして、わたしを上目遣いに見た。か、可愛い……！

抱き締めたくなるけれど、グリセルダさんの前だ。ぐっと我慢しよう。

そんなわたしたちを、グリセルダさんは……相変わらず、優しげな表情で見ていたが、その瞳にはなにか別の感情も宿っているようだった。

「羨ましいですね、仲の良い家族がいるというのは」

しみじみと、グリセルダさんはつぶやき、そして、わたしたちのお揃いの輝魔石のペンダントを見つめた。羨ましい、ということは、逆に言えば、グリセルダさんは家族との仲がよくないのかもしれない。

わたしが尋ねると、グリセルダさんは微笑して「すみません」と言った。

「父はああいう人でしたから、ほとんど家には帰ってきませんでしたし。私は母や兄には嫌われていますから」

こんな素敵で良い人を、どうしてグリセルダさんの母親や兄は嫌うのだろう？　わたしにはわからなかった。

グリセルダさんは頭を下げた。

「すみません。愚痴みたいになってしまって。私の話などより、目の前の宝石の数々を愛でてください。それこそが私の喜びなのですから」

「はい。……その、グリセルダさん自身は、お父様のことを……」

「尊敬していますよ。家族だと思えたことはありませんが、この国に至高の宝石を取り戻してくれたことは確かです。だから、私も人々により素晴らしい宝石を届けたいと思い、宝石商となったのですよ」

グリセルダさんは遠い目をしながらも、はっきりとそう言い切った。

☆

その後、晩餐の席に私たちは招かれた。今日はこのお屋敷に泊まり、明日にはバレンシアの別荘に戻るつもりだった。

晩餐といっても堅苦しい雰囲気ではないのは、グリセルダさんの合理主義的な性格を反映しているのかもしれない。大鍋の煮込み料理や豚肉の串焼き《ピンチョ・モルーノ》のような豪快な料理が出されていて、どれもとても美味しかった。

ただ、グリセルダさんが、母親のアドラさんや兄のセサルさんと仲が悪いというのは、本当のことらしい。

貴族でも、夕食は家族みなで一緒にとるのが習いだというのに、二人とも姿を現さない。代わりに席についていたのは、グリセルダさん以外にはたった一人だ。マリアさんという金髪碧眼の小柄な美人だった。

グリセルダさんの幼なじみであるという。もともと孤児だったところを子爵家に拾われて、グリセルダさんと一緒に育ったそうだ。グリセルダさんの信頼を得て、その片腕となり、今では商会のナンバーツーになっている。家族同然の扱いを受けているから、夕食の席にもいるわけだ。

そのマリアさんは、とても朗らかで、おしゃべりだった。

わたしとフィルのことを根掘り葉掘り聞かれたけれど、話し方が明るいからか、嫌な気は全然しない。とても楽しい雰囲気で話ができた。

「へえ、そうすると、クレア様とフィル様はご姉弟になったのは、この一年ほどのことなんですね」

「はい。短いかもしれませんけれど、今ではフィルはすっかりわたしの弟です」

「そうでしょうね。とっても仲が良さそうですから。お二人は本物のご姉弟なのですね」

そう言って、マリアさんが微笑むと、フィルが顔を赤くした。これは仲が良さそうと言われて照れているのか、それとも美人のマリアさんに微笑まれて照れているのか、どっちだろう？

前者なら嬉しいけれど、後者ならちょっとやきもちを焼いてしまう。

と思っていたら、フィルは顔を赤くしたまま、わたしを上目遣いに見つめる。

「ぼくは……お姉ちゃんの本物の弟なのかな？」

「決まっているでしょう？　血はつながっていないけれど、フィルはわたしの大事な弟だもの」

わたしはくすっと笑った。あまりにも、当たり前のことだったから。フィルは嬉しそうにうなずいた。

マリアさんは、そんなわたしたちを見てうっとりとした表情をする。

「いいですねえ、弟。あたしもフィル様みたいな可愛い弟、ほしかったなあ。そうしたら溺愛していたのに……！」

……なんとなく、このマリアさん、既視感があるなあと思っていたけれど、気づいた。うちのメイドのアリスにそっくりの雰囲気だ！

グリセルダさんが肩をすくめながら、口をはさむ。

「マリア……あなたの溺愛の方法って、なんとなく不健全そうで気になるわ」

「あら、そんなことないですよ。品行方正な使用人の言うことを、信じてくださいません？」

「まあ、それ以前に、あなたにも私にも弟はいなかったから、考えても無駄だけれどね」

「そうですね。妹同然の存在ならいましたけれど」

「……そ、それって私のこと？　私が姉代わりで、あなたが妹分でしょう？」

「でも、生まれたのはあたしの方が早いです」

「同い年じゃない！」

じゃれ合うように二人は言い合って、そして、二人同時にはっとした顔をして、慌ててわたしたちの方を向いた。

その仕草はそっくりで、たしかに姉妹みたいだった。

「すみません。見苦しいところをお見せしました」

そう言うグリセルダさんに、わたしは首を横に振る。

「二人もとても仲良しなんですね。本物の姉妹みたいです」

わたしの言葉に、グリセルダさんとマリアさんは顔を見合わせて、そして、赤面していた。

マリアさんは恥ずかしそうに、わたしを上目遣いに見た。

「たしかに、孤児のあたしにとって、グリセルダ様はたった一人の家族のような存在でした」

「でも、もうすぐ、私だけではなくなるでしょう？」

「はい。おかげさまで」

どうやら、マリアさんは近々結婚するのだという。

グリセルダさんは笑って説明してくれた。相手は子爵領の隣の下級貴族だといい、とても好人物だそうだ。政略結婚とかではなく、相手の貴族がマリアさんにとても熱を上げていたらしい。

グリセルダさんは、まるで自分のことかのように嬉しそうに語り、マリアさんは頬を赤らめていた。

グリセルダさんとマリアさんが互いのことを大事に思っているのが、とてもよく伝わってくる。

……わたしとアリスが、このまま二人とも無事に大人になれれば、こういう素敵な関係になれるんだろうか？

今回の人生で、アリスは死なずに済んだ。あとは、わたしが破滅を回避するだけだ。

わたしは心の中で、そう言い聞かせた。

それより、今は目の前のグリセルダさんたちとの夕食を楽しもう。

わたしはふと、気になっていたことを尋ねてみた。

「あんなに貴重な宝石がたくさんあったら……その……盗まれたりする心配はないんですか？」

グリセルダさんは、よくぞ聞いてくれた、とばかりに胸を張る。

「私どもの商会は、王室も御用達ですので、警備は万全です。この屋敷の外は、国家傭兵団《アルモガバルス》の熟練部隊をまるごと借りて守られていますから、外部からは虫一匹も勝手に入ることはできません」

そんな大掛かりな警備をしているんだ……。それだけの価値が、この屋敷には眠っている。

グリセルダさんは、もはやただの子爵ではなく、王国の重要人物の一人なのだ。

マリアさんも微笑んで付け足す。

「宝物庫は、正面の扉以外からは入れないように、鉄の壁で覆われています。扉の鍵を持っているのは、グリセルダ様とあたしのみです。たとえ屋敷内部にいても、どうやっても、宝石を盗むことはできませんよ」

マリアさんは、宝物庫の鍵まで預かっているんだ。管理のためだとは思うけれど、それにしても絶大な信頼を得ているんだなあ、と思う。

夕食の席はその後も和やかで、グリセルダさんもマリアさんもとても良い人たちだった。人見知りのフィルもいつのまにか、リラックスしていたし。

あとは、明日、別荘に戻るだけ。

そう思っていたら、事件が次の日に起こった。

☆

次の日の朝、子爵家の屋敷が騒然としていた。わたしは客室で目覚めて不思議に思い、部屋の外にちらりと顔を出す。たまたま使用人の男性が通りがかったので、騒ぎの理由を尋ねてみた。すると、彼は曖昧な笑顔で誤魔化した。

次に別の使用人がやってきて、当主のグリセルダさんが、わたしを呼んでいると告げた。宝物庫に来てほしいという。朝食前に何の用事だろう？

わたしは慌てて普段のドレスに着替えると、宝物庫へと向かった。宝物庫の扉の前で、グリセルダさんが難しい表情で立っていた。その横にはマリアさんが顔を青ざめさせている。

とてとてと、わたしの後ろからフィルもやってくる。

フィルはわたしにささやいた。

「いったいどうしたの、お姉ちゃん？」

「さあ……」

その説明は、グリセルダさんたちに求めないといけない。そのグリセルダさんはわたしたちを見て、弱々しく微笑んだ。

「申し訳ありません。お呼び立てをしてしまい……」

「いいえ。なにかあったのですか？」

一瞬、グリセルダさんはためらった様子で、けれど、しばらくして重い口を開けた。

「宝石が盗まれたのです」

「え？」

「しかも、盗まれたのは、ブルーダイヤモンド『カロリスタの青い星』なんですよ」

わたしは呆然とした。昨日も聞いたとおり、このお屋敷の警備は万全だ。

そんな中で、最も価値のある宝石が盗まれた。それも、グリセルダさんにとっては、父親との形見の品でもある。

グリセルダさんの困りきった表情も、マリアさんの真っ青な表情も納得だ。

おずおずとフィルが横から口をはさむ。

「最後に部屋で宝石があったのを見たのって、いつですか……？」

「昨日、クレア様とフィル様をご案内したときですね」

グリセルダさんの答にわたしは驚く。つまり、グリセルダさんだけでなく、わたしとフィルも盗まれる直前の宝石を見ていたことになる。

それで理解できた。だから、わたしたちも呼ばれたんだろう。

けれど、呼び出されても……役に立てることがあるかどうか。

宝物庫の入口は鉄の扉で閉ざされている。そこには重々しい錠前があった。グリセルダさんはポケットから金色の鍵を取り出す。廊下の窓から射し込む光が、鍵の金の輝きをきらめかせた。

グリセルダさんの手で扉は開け放たれた。

そして、グリセルダさんはわたしたちを振り返る。

「合鍵も含めて、この屋敷で宝物庫を開けられるのは、私とマリアだけですね」

外は厳重に警備されているから、外部からはそもそも屋敷の中にも入ることができない。

宝物庫の中を歩いてみたけれど、扉や壁が壊された様子もなかった。

わたしたちはグリセルダさんに案内されて、昨日と同じく宝物庫の一番奥へと行く。左右に展示された貴重な宝石の数々はそのままで、ただ、「カロリスタの青い星」だけがなかった。

ガラスのケースが叩き割られていて、無残な姿になっている。

「ひどい……。こんなふうにハンマーでガラスケースを壊したなんて……。宝石は無事なのかしら……？」

グリセルダさんは弱々しくつぶやいた。

わたしは、グリセルダさんの表情をうかがった。その美しい顔は憔悴しきっていた。一国の価値にも匹敵するという貴重な宝石が失われたのだから、当然だとは思う。

でも、誰が、何のために盗んだんだろう？

普通に考えれば、もちろん鍵を持っている人間にしか盗む機会はない。そして、グリセルダさんが自分の持ちものを盗むはずはない。

わたしとフィルは、同時にマリアさんに視線を向けた。

可能性としては、このマリアさんが盗んだというのが、一番ありえる。そして、実際にそう考えた人もいた。

「いつかはこんなことになるのではないかと思っていたのですよ」

それはグリセルダさんの声でも、マリアさんの声でもなかった。宝物庫の入口から聞こえたのだ。

振り返ると、そこには年配の婦人が立っていた。上品な雰囲気で、意志の強そうな黒い瞳が印象的だった。

「アドラお母様」

小さく、グリセルダさんがつぶやく。

なるほど。アドラさんは、グリセルダさんが歳を重ねれば、きっとこんな素敵な婦人になるだろう、という容姿だった。親子なのだから、当然かもしれない。

ただ、アドラさんの目には、グリセルダさんへの親しみはなかった。

「あなたはカミロの残した宝石を、恥ずかしげもなく商売の宣伝に利用していたのですからね。そもそも貴族の私たちが商人の真似事をするなど反対だったのです」

「お母様。何度も言いますが、宝石商にならなければ、ディアマンテ子爵家は消え去っていたでしょう」

「ならば消え去ればよかったのよ。私やセサルを厄介者扱いするぐらいならね。代わりに、そんな下賤《げせん》の娘を重用して……」

アドラさんが憎しみをこめて見ているのは、マリアさんだった。マリアさんはなにかに耐えるようにうつむいている。

アドラさんはさらに言い募る。

「宝石を盗んだのだって、その娘に違いないわ。鍵は二つしかなく、グリセルダとその娘しか持っていなかったのだから」

母のアドラさんや兄のセサルさんは宝物庫の鍵を持っていなかった。だから、マリアさんが疑われるのも当然なのだ。

アドラさんは、宝石商として成功したグリセルダさんやマリアさんのことを疎んじているということもわかった。

アドラさんが言いたいだけ悪口を言って立ち去ると、グリセルダさんはため息をついた。

「クレア様、フィル様。見苦しいところを見せてしまいました」

「いえ……大変ですね」

「母は、ああいう人なのです。古い考え方しかできず、しかも何の役にも立たない」

グリセルダさんの声には、ぞっとするほど冷たい響きがあった。グリセルダさんは、颯爽としたかっこいい人だけれど……。きっと、それだけではない怖い一面もあるのだと感じた。

わたしたちは宝石が無くなる直前に、なにか変わりがなかったかを尋ねられた。けれど、何も思い当たる節はない。

フィルもそれは同じで、こくこくとうなずいている。あまり役には立てなさそうだ。

そのあいだ、マリアさんはずっとうつむいていた。昨日の快活さが嘘のようだ。きっと宝石が無くなったことの責任を感じ、アドラさんに非難されたことを気に病んでいるのだと思う。そして……自分が宝石盗難の犯人だと疑われているのではないかと怯えているのだ。

グリセルダさんはどう考えているのだろう？

落ち込むマリアさんに気づいたのか、グリセルダさんは微笑んで、マリアさんの肩を叩いた。

「心配しないで。あなたがあの宝石を盗んだなんて思っていないから」

「ですが……客観的に見れば、あたしは鍵を持っていますし……疑われて当然です。それに、あたしはもともと身分の低い孤児ですし、奥様の言うとおりです。それに、下賤の身のあたしがお金に目がくらんで宝石を盗んだのだとすれば、動機もあります。それに、それに……」

「もう。『それに』ばかり言わないで、顔を上げてほしいな」

そう言うと、驚いたことに、グリセルダさんはぎゅっとマリアさんを抱きしめた。フィルも少し顔を赤くして、目を見開いている。

びっくりしたのは、マリアさんも同じようだった。

「ぐ、グリセルダ様……？」

「アドラお母様たちの言うことなんて、聞く必要がないわ。私はあなたを信じている。それで十分でしょう？　あなたがいなければ、ディアマンテ商会は立ち行かないし」

「……あ、ありがとうございます。でも、盗んだのがあたしでなくとも、旦那様の大事な形見を守れなかった責任が、あたしにはありますし……」

「あんなもの、あなたに比べたら大したものじゃないわ。一国の価値がある宝石よりも、あなたのことが必要なの。あなたにはずっと私を支えてほしいのだから」

「あ、あたしも……」

マリアさんは感極まった様子で、続きの言葉は声にならなかった。ぽろぽろと青い瞳から涙を流している。

少なくとも、グリセルダさんはまったくマリアさんのことを疑うつもりはないようだった。そして、わたしにも、これだけの信頼関係を築いているマリアさんが、グリセルダさんを裏切ったなんて思えない。

もちろん、わたしはこの二人のことをよく知っているわけではないけれど……二人の信頼関係は本物に思えた。

わたしも、宝石よりもフィルの方が大事だ。

そのフィルも、わたしと同意見のようだった。

フィルは小声でわたしにささやく。

「マリアさんが犯人だとは思えないな」

「どうして?」

「もしマリアさんが犯人なら、おかしいことが三つあるよ」

フィルは宝石のような黒い瞳で、わたしを見つめながら言う。

どういうことだろう?

「あのね、お姉ちゃん。一つは、もしマリアさんが犯人なら、どうしてすぐにこの屋敷から逃げなかったのかな」

「それは……逃げたら犯人だと言っているようなもので、疑われるから……」

そう言いかけて、わたしもおかしいと気づいた。フィルはうなずく。

「もちろん、他に疑われる可能性のある人がいるなら、逃げたらかえって目立つかもしれないよ。でも、鍵を持っていたのは、マリアさんとグリセルダさんだけだし」

「たしかに、当然疑われるはずのマリアさんは、宝石を盗み次第、逃げ出すべきよね」

マリアさんは自由に屋敷を出入りできる立場にある。夜のうちに「カロリスタの青い星」を盗んで逃げ出すのが、理にかなっている。

「それにね。どうしてあの目立つ宝石だけを盗んだのかな」

「一番お金になるから……?」

「ううん。ぼくは、あの宝石はお金に替えられないと思う。あんな大きなブルーダイヤモンドは、大陸に二つとないから、売ろうとしたら、盗品だとすぐにばれてしまうもの」

「……そっか。それなら、もっと目立たない宝石……少なくとも足がつかない宝石を盗むはず」

宝物庫には他にもたくさん宝石がある。お金のためだと言うなら、他の宝石も盗んで当然だし、換金しやすい宝石も持っていくべきだ。

お金のために、マリアさんが盗んだというのは、成り立たない。

いつのまにか、グリセルダさんもマリアさんも、フィルの話に聞き入っていた。マリアさんがおずおずと言う。

「それに……あたしはグリセルダ様から、商会の分配金をいただいています。分不相応なほどの金額で、それだけであたしには十分すぎるほどです」

それはきっとそうだろう。ディアマンテ商会はかなりの規模の宝石商だし、そのナンバーツーのマリアさんが、お金に困っているとは思えない。

「フィル様、最後のおかしいと思う点は何でしょうか？」

グリセルダさんが、フィルに続きを促した。フィルはわたし以外の二人に見つめられ、緊張したようだった。もともとフィルは人見知りなのだ。

わたしはフィルを安心させようと、ぽんぽんと頭に手を乗せた。フィルはどきっとした様子でわたしを見上げ、わたしは微笑み返した。

フィルはこくんとうなずき、深呼吸をした。そして、小さな唇を動かし始める。

「最後の理由は……ガラスケースが壊されていることです」

「どうして、それがおかしいの？　宝石はガラスケースに展示されていて、盗もうとしたら、当然、そこから取り出さないといけなくて……」

「お姉ちゃんの言うとおりだよ。でも、もしマリアさんが犯人なら、なんで鍵を使わなかったの？」

あっ、と思う。ガラスケースには鍵がかけられている。裏を返せば、鍵さえあれば、わざわざ、それを壊さなくても、開けることは可能なはずだ。

そして、おそらくマリアさんは扉の鍵だけでなく、ガラスケースの鍵も持っているはずだ。宝物庫の管理のために鍵を預けられているのだから。

グリセルダさんとマリアさんは顔を見合わせてうなずいた。

そのとおり、ということのようだった。

「ねえ、フィル。そうだとしたら、本当の犯人は、ガラスケースの鍵を持っていなかったということね？」

「そうかも。ともかく、ガラスケースをわざわざ壊すのは大変だし、音も大きいからバレるかもしれないし。危険が大きいから……ガラスケースを壊す理由のあった人が、犯人だと思うよ」

そうだとすれば、犯人は、鍵なしでこの宝物庫に侵入し、そして、ガラスケースを壊すための鍵は持っていなかったということになるけれど……。

「でも、それ以上のことは、ぼくにはわからない。ごめんなさい」

ぺこりとフィルが頭を下げる。わたしは首を横に振った。

「フィルが謝る必要なんて全然ない。フィルってやっぱり頭がいいのね」

グリセルダさんたちも感心したようにフィルを見つめている。フィルは照れくさそうに目を泳がせていた。

でも、フィルの言うとおり、これ以上の追及ができる材料はなさそうだった。

わたしはフィルとともに、部屋へ戻ることにした。グリセルダさんたちがどう対処するつもりなのかはわからない。けれど、一大事件だし、わたしたちもすぐには帰れないかもしれない。

伝説的なあの宝石が無くなった事自体が損失なのは間違いないけれど、それ以上に、そんな貴重な宝石を無くしたとあっては、ディアマンテ商会の評判にも傷がつく。

もちろん、事実を公表しないという手もある。そうであれば、グリセルダさんはわたしたちにも、黙っているように頼むだろう。

わたしはあれこれと考えた。一番問題なのは、誰が宝石を盗んだ犯人なのか、だ。

フィルと二人きりで廊下を歩きながら、フィルに尋ねてみる。

「フィルは、誰が犯人だと思う？　例えば……アドラさんが、マリアさんを陥れるために、宝石を隠したとか……」

「それはあるかも。でも、どうやって鍵なしで宝物庫の中に入ったのかがわからないよ」

フィルの言うとおりだ。結局、そこがわからないと解決できない。そんな話をしていたら、向こうから人がやってきた。

使用人ではないようだった。立派な身なりの若い男性だ。フィルと同じ黒髪黒目だけれど、とても背が高い。獰猛で威圧的な印象を与える。

彼はわたしたちの前で立ち止まると、にやりと笑った。

「お二人はリアレス公爵のご令嬢とご令息ですね。僕はセサル・ラ・ディアマンテと申します」

鋭く、リズムの良い調子で彼は言った。この人がグリセルダさんの兄のセサルさんらしい。グリセルダさんとセサルさんも、仲が悪いらしい。それは妹であるグリセルダさんが当主についたからかもしれない。

そういう事情から、てっきりダミアン叔父様のようなダメ人間を想像していたけれど、意外とまともそうな人だった。

グリセルダさんの力量が圧倒的で、宝石商としての大成功があったから、セサルさんは当主になれなかったのかもしれない。そうだとすれば、なおのこと妹を遠ざけても当然だ。前回の人生での、わたしとフィルが疎遠だったように。

貴重な宝石が盗まれた、という話をわたしがすると、彼は目を丸くした。それから微笑む。

「そうですか。まあ、そういうこともあるでしょう」

「でも、あれはあなたのお父様の形見の品なのでしょう？」

「まあ、それは合っています。そういう意味では盗まれて残念とも言えなくもないが、しかし、大した事件ではありませんよ」

「カロリスタで、いえ、大陸で、最も偉大な宝石の一つが盗まれたのに、大した事件ではないと思うのですか？」

わたしは思わず問い返した。セサルさんがあまりにも平然としていたからだ。フィルも違和感を覚えているのか、首をかしげていた。

セサルさんは、やや怖い印象の顔に、優しげな笑みを浮かべた。

「まあ、こうなった以上、お二人には話してもよいでしょう。あの秘密も、リアレス公のカルル様はご存知でしょうし」

「秘密？」

「偽物なんですよ」

「え？」

「あの『カロリスタの青い星』は真っ赤な偽物なんです。ブルーダイヤモンドなんかじゃありません。あれはただの大きくて、綺麗なだけの石ころだ」

わたしは衝撃のあまり、固まった。

偽物？　あれが？

グリセルダさんは、「カロリスタの青い星」を、国一つ以上の価値がある至高の宝石だと言った。そんな宝石を取り戻した父のことも、尊敬していると言っていた。宝石商になったきっかけも、あの宝石だと言っていた。

けれど、その宝石が偽物だなんて……。

「そのことを、グリセルダさんは……」

「知っていますよ。当然じゃないですか。グリセルダは、実力派の宝石商です。今の彼女が気づかないわけがない。ついでに言えば、僕も教えてやりましたからね」

セサルさんが本当のことを言っているのか、わたしは判断がつかなかった。でも、本当だとしたら……彼女はわたしたちに嘘をついていたことになる。

セサルさんは付け加えた。

「まあ、妹も最初はあれが偽物だと知らずに、宝石商を志したのだとは思いますが。そう考えると、皮肉なものだ」

セサルさんの口ぶりにあるのは悪意ではなく……なにか別の感情があった。憤り、だろうか。

わたしは単刀直入に尋ねてみることにした。

「セサルさんは……グリセルダさんのことが嫌いなのですか？」

セサルさんはあくまで穏やかに微笑んだ。

「誤解なさらないでください。僕はあいつのことが嫌いなわけじゃない。ただ……羨ましいのですよ。あいつは自分の力で宝石商として成功し、当主の座も勝ち取りました。僕はあいつのことを恨んだりはしていません。ただ……自分よりもずっと優秀な相手が近親者にいれば……それを素直に受け止めることはできないものですし、遠ざけたいと思うものです」

セサルさんは言い切ると、わたしとフィルを見比べた。そして、羨ましさと寂しさの混じったような、不思議な表情を浮かべた。

「お二人は……仲が良いのですね」

「はい。フィルはわたしの大事な弟ですから」

わたしが言うと、セサルさんはフィルに「フィル様も、クレア様のことが大事ですか？」と尋ねた。

フィルは顔を赤くして、わたしの後ろに隠れた。そして、わたしの服の袖にしがみつく。……セサルさんのことが怖いんだ。

「クレアお姉ちゃんは……世界で一番の、ぼくのお姉ちゃんです」

でも、フィルははっきりとそう言ってくれた。わたしはとても嬉しくなって、フィルを抱きしめたくなるけれど、セサルさんの前なので我慢する。

セサルさんはうなずいた。

「僕も、あいつにそう言ってやることができればよかったのですが」

「言ってあげればいいじゃないですか」

わたしの言葉にセサルさんは肩をすくめただけだった。

「僕がグリセルダに言えるのは、あいつが『偽善者』だということだけですよ」

……どういう意味だろう？　わたしが問う前に、セサルさんは立ち去ろうとした。

けれど、フィルが呼び止める。フィルにしては意外な行動だったので、少し驚く。実際、フィルはかなりびくびくしていた。

セサルさんは微笑むと、身をかがめて、フィルに目線を合わせた。

怖そうな見た目をしているけれど、悪い人じゃないらしい。

「なにかありますか、フィル様？」

「あの……マリアさんは、宝石が偽物だということを……知っていますか？」

「マリア？　マリアならおそらく知らないと思いますよ。あれは商会の経営面では有能な補佐役だが、宝石自体への造詣はないはずです」

……あれ？　それなら、どうしてセサルさんは、あの宝石が偽物だと知っているのだろう？

わたしの疑問に、セサルさんはあっさりと答えた。

「父は俺にだけ、あれが偽物だと教えてくれたのですよ。だから、俺と、あとになって気づいたグリセルダを除けば、他にはあれが偽物だと知っている人間はいませんね」

セサルさんはそう言うと、その場からいなくなった。

さて……。

ディアマンテ子爵家は、今でもリアレス公爵に従属する貴族家の一つだ。その家の問題は、リアレス公爵家の問題でもある。さらに、宝石商としては王室御用達ということもあって、その影響力は無視できない。

それに、グリセルダさんとマリアさんも、好感を抱かずにはいられない人間だし。グリセルダさんが嘘をついていたのだって、きっと理由がある。

なんとか解決してあげたいけれど……。

少なくとも、偽物だと知っている人間に、宝石を盗む理由はないはずだ。同時に、宝物庫に入るには鍵が必要である。

その両方の条件を満たすのは、やはりマリアさんしかいなかった。

うーん……。

「フィル、なにか思いつくことある?」

フィルの頭の良さがあれば、きっといい考えがあるに違いない！　姉バカかもしれないけれど、わたしはフィルに期待していた。

そのフィルは浮かない顔で、こくりとうなずいた。

「考えはあるよ」

「ホント⁉」

「うん……。ぼくたちにできるのは、今すぐ宝物庫に戻ることだね」

宝物庫に、なにか手がかりがあるんだろうか？　さっきはフィルも手がかりを見つけることを諦めていたけれど。

引き返す途中で、マリアさんとすれ違った。マリアさんは相変わらず落ち込んだ表情だった。たとえグリセルダさんの信頼を失っていないとしても、責任感を覚えて当然だ。

だけど、盗まれた「カロリスタの青い星」は偽物なのだという。それなら、どうしてグリセルダさんはそのことをマリアさんに教えてあげないんだろう？

そうすれば、マリアさんに辛い思いをさせなくて済むはずだ。

わたしが歩きながらフィルにそうささやくと、フィルはうなずいた。

「そうだね。でも、辛い思いをさせるのが目的だとしたら？」

「え？」

「思い過ごしならいいんだけれど……。グリセルダさんはお姉ちゃんの思うような良い人じゃないかもしれないよ」

フィルは小さくつぶやいた。

「それって、どういう意味……？」

わたしが尋ね返したそのとき、わたしたちは宝物庫の前にたどり着いた。

フィルの言葉の意味を考えるより先に、宝物庫にあるという手がかりを探そう。

鍵はかかっていないようだった。中にグリセルダさんがいるんだろう。

わたしは声をかけようとしたけれど、フィルに止められた。

「ちょっと考えがあるんだ」

声もかけずに入るのは失礼な気がするけれど、フィルがそう言うなら、わたしは反対しない。

わたしたちはそっと宝物庫に忍び込み……。

部屋の中央に、グリセルダさんがいた。

それ自体は、まったく不思議なことじゃない。

けれど、わたしは、もっと別のことに驚かされた。

グリセルダさんは右手に物を持ち、それをランプのあかりにかざしていた。

そして、その手に握られているのは、間違いなく「カロリスタの青い星」……「カロリスタの青い星」の偽物だった。

わたしは驚きのあまり、壁にぶつかってしまい、物音を立ててしまった。グリセルダさんもびっくりした様子でこちらを振り返る。

彼女は完全にうろたえた様子だった。

「どうして……クレア様とフィル様がここに……いるのですか？」

「それは……」

わたしはフィルを振り向く。フィルはこの事態を予想していたんだろうか？

フィルは怯えた様子もなく、まっすぐにグリセルダさんを見つめていた。

「やっぱり……宝石を盗んだのは、グリセルダさんだったんですね」

フィルの言葉は、わたしの胸に、冷たい水のようにすっと入ってきた。宝物庫の鍵は二つしか無い。一つはマリアさん、もう一つはグリセルダさんが持っている。

マリアさんが犯人でないなら、残るのはグリセルダさんだ。

でも……なぜ、グリセルダさんが宝石を盗んだりしたんだろう？

ううん。もともと宝石は、子爵家当主のグリセルダさんの持ち物だ。盗む理由はない。

グリセルダさんも開き直ったようだった。

「フィル様はおかしなことをおっしゃいますね。私が自分の持ち物をどうして盗むのですか？」

「理由はいくつかあると思います。一つはその宝石が偽物だったからです」

「偽物なのに、盗むの？」

わたしの問いに、フィルはうなずく。

「偽物だからこそ、盗まないといけなかったんだよ。……最初は、グリセルダさんもこの宝石が偽物だとは知らなかったからですよね？」

グリセルダさんは迷った様子だったが、観念したのか、うなずいた。

「そのとおりです。宝石商を始めたばかりの頃、私はその石を、本物の『カロリスタの青い星』だと思っていました。父が他国から取り戻したという偉業のことも信じていました。ですが、それはよく出来た模造品です」

「その宝石を偽物だと発表しなかったのは、どうしてですか？」

「フィル様なら、おわかりでしょう？　その宝石があることこそが、ディアマンテ商会の宣伝になるのです。大陸最高の宝石を所有しているという実績が、王室や大貴族への売り込みに必要でした。……嘘をついているつもりはなかったんです。別の宝石商のもとで修行して、戻ってきたときに初めて気づいたんですよ。兄も秘密を黙っていましたし」

「そして……引き返しがつかなくなった。だから、宝石を盗まれたことにして、存在を消す必要があったんですよね」

「……偽物の『カロリスタの青い星』は、当然、売るわけにはいきませんでした。だからといって、所有したままであれば、いつか偽物だとバレてしまうかもしれません。なるべく人には見せないようにしていましたが、王室や大貴族の頼みとなれば、断ることもできませんから。そうなれば、ディアマンテ商会の信用は地に墜ちます」

……ああ、なるほど。話が飲み込めてきた。

つまり、グリセルダさんは、宝石が偽物だということを隠し通すために、宝石の盗難を演じたんだ。

そして、そのことによって、マリアさんを傷つけた。

「だから、あえてグリセルダさんはガラスケースを割ったんです。もちろん、グリセルダさんはケースの鍵を持っていました。でも、盗まれたということを印象づけるために、わざと壊したんですよね。そして、ぼくとお姉ちゃんを、盗難の証人にしました」

「お二人が、この石が盗まれたと言ってくれれば、王国中、みんなが盗まれたと信じると思っていました。多少、商会の評判に問題が生じても、偽物とわかってしまうよりマシですからね。でも、失敗でした。フィル様、それにクレア様が、これほど聡明だとは思いませんでしたから」

「……えっと……グリセルダさんは、宝物庫で壊れたガラスケースを見たとき、『ハンマーでガラスケースを壊した』と言いましたよね？　でも、ぼくには不思議でした。ガラスケースの割れ方だけで、何を使ってケースを壊したかはわかりません。重くて硬いものなら、何を使ってもいいはずなのに、グリセルダさんははっきりハンマーと言いましたから」

「ああ、それも私の失敗ですね」

弱々しく、グリセルダさんは微笑んだ。彼女は、大きくため息をついた。

「この宝石は偽物でした。父は大うそつきで、家族にいい顔をしたいから、デタラメを言ったということも、後で兄から聞いて知りましたよ。そんな父に憧れて、宝石商になった私も……偽物なんです」

「そんなことは……」

ない、とわたしは言いたかった。たとえ出発点が、嘘と偽物によるものだったとしても、今のグリセルダさんは本物の宝石商のはずだ。

けれど、グリセルダさんは首を横に振った。

「この青く美しい石は、偽物でした。他の宝石が偽物でないとどうして言えるんです？　いいえ、この世界には偽物しかないんです。人間も同じです。母には嫌われ、兄にも疎まれた私には、本物の家族なんていません」

「で、でも、グリセルダさんには……マリアさんがいるじゃないですか！」

わたしは思わず叫んだ。たしかにグリセルダさんは嘘をついていたのかもしれない。父も母も兄も信用できない人だったのかもしれない。

でも、全部が偽物だなんて、そんなことはないはずだ。

グリセルダさんはうつむいていた。

「私は弱い人間なんです。それなのに、強い人間を偽って生きてきました。たしかにマリアは……私にとってたった一人の本物の家族でした。そんなマリアに、宝石泥棒の疑いがかかるような状況を、私は意図的に作りました」

「ど、どうして……?」

わたしにはさっぱりわからなかった。たしかに疑いはかかった。けれど、グリセルダさん自身がマリアさんが犯人であるわけないと強く否定したはずだ。なのに、グリセルダさんは、マリアさんを陥れるつもりだったのだという。

「ぼくには……わかる気がするな」

フィルが小さくつぶやく。わたしはフィルを振り返る。フィルは宝石みたいな、黒く美しい瞳で、じっとわたしを見上げた。

「あのね。ぼくはお姉ちゃんがいなくなっちゃうんじゃないかって……いつも不安なんだ」

「わたしがフィルのそばからいなくなるなんて、そんなことあるわけないよ」

「うん。ぼくもお姉ちゃんのことを信じてる。でも……それでも、不安なんだよ」

フィルの言葉に、わたしははっとする。今のフィルは、わたしのことを必要だと言ってくれる。けれど、いつかフィルは、わたしより大事な存在を見つけて、わたしのもとからいなくなってしまうかもしれない。

わたしもフィルも同じ不安を抱えている。それなら、きっとグリセルダさんも同じだ。マリアさんがいなくなるんじゃないかって……怯えている。

「マリアは……結婚するんですよ。これまでどおり商会のことを手伝ってくれるとは言っていますが、それもいつまで続くか……。きっとマリアは私なんかいなくたって幸せになって、そして、すぐに私のことなんてどうでも良くなってしまうんです」

「たぶん……マリアさんは、ずっとグリセルダさんのことを思っていますよ」

「理屈ではわかっているんです。でも！　私はマリアの幸せを喜べない！　表面では祝福するふりをして、心の中ではずっと私のそばにいてほしいと思っている。だから、私は……偽物なんです」

そんなグリセルダさんが、マリアさんに疑いをかけた理由は一つしか無い。

「宝石の盗難の疑いがマリアさんにかかるように仕向けて、そして、それを自分で強く否定してみせる。そうすれば、マリアさんは、一生消えないほどの恩義をグリセルダさんに負うことになりますね」

実際に、マリアさんは、グリセルダさんの言葉に感動し、ずっとそばにいると誓っていた。さらに、宝石を盗まれてしまったという罪悪感も負わせることができるのだから、完璧だ。

偽物の宝石の始末。そして、マリアさんの束縛。二つの目的が、グリセルダさんにはあったんだ。

グリセルダさんは泣き崩れ、ぽろぽろと涙を瞳からこぼす。

「私は……最低なんです。強くもかっこよくもない。嘘つきで、何もかもが偽物で、マリアのことすら本物とは思えなくなってしまって……。この世界の、どこにも本物なんてないんです。……こんなもの！」

グリセルダさんは、青い石を床に叩きつけようとしたけれど、わたしはその腕をつかんで止めた。

その石がダイヤモンドでないのであれば、きっと簡単に砕けてしまうだろう。でも、そうすれば、きっとグリセルダさんはもう戻ってこられない。そんな気がした。

「ぼくは本物を知っているよ」

フィルは身をかがめ、グリセルダさんにささやいた。グリセルダさんは顔を上げる。

「クレアお姉ちゃんは、ぼくの本物のお姉ちゃんだから」

「でも、私には……もう何も……」

グリセルダさんが言いかけたそのとき、宝物庫の棚の陰から一人の小柄な女性が現れた。

それは、マリアさんだった。

しまった……！　いつのまにか、マリアさんも宝物庫に戻ってきていたんだ。

「その……クレア様とフィル様が宝物庫へ向かわれたので、気になりまして……話は全部、聞きました」

マリアさんが小声で言う。グリセルダさんは絶望の表情を浮かべた。

わたしもフィルも、マリアさんがどんな反応をするのか、固唾を呑んで見守った。

マリアさんは、グリセルダさんの前に行くと、床に膝をついた。そして、人差し指の先で、そっとグリセルダさんの涙を拭う。

「……マリア？」

「グリセルダ様は……もっと私のことを信じてください。どうして、何もかも打ち明けてくれなかったんですか？」

「で、でも……」

「前から言っているじゃないですか。あたしはずっとおそばにいますよ。あたしはグリセルダ様の本物の姉のつもりなのですから」

そう言って、マリアさんは柔らかく微笑んだ。グリセルダさんは、そんなマリアさんにぎゅっとしがみついていた。

結局、グリセルダさんたちは、宝石が盗まれたということに決めたみたいだった。偽物の「カロリスタの青い星」は、その役目を終えたのだ。

でも、グリセルダさんにとって、マリアさんの信頼は本物だったのだ。

二人の姿を見て、わたしは思う。わたしも、アリスと、アルフォンソ様と、シアと、レオンと、他のみんなと、本物の関係を築くことができるだろうか。

そんなわたしに、フィルがささやいた。

「お姉ちゃんが、本物があるって教えてくれたんだよ」

フィルは、恥ずかしそうに、わたしを上目遣いに見つめた。

あとがき

こんにちは。軽井広です。一巻に続き手にとってくださり、ありがとうございます！

ちょうど一巻が発売した頃は本業の仕事が多忙で、土日もGWの連休も連続で働き、深夜も残業していたのです。その後、案の定というべきか体調を崩して、長期のお休みをとることになったり……と激動の三ヶ月となってしまいました。そんななか、『やり直し悪役令嬢』については無事に二巻が発売となり、大変嬉しく思います。

なお、書き下ろし作品が他社から発売される予定があったり、「小説家になろう」に新作の悪役令嬢ものを書いたりもしている（かもしれない）ので、そちらもよろしければお読みください！

あとがきに書けるような面白い話もないのですが、前述のとおり、予想外に『毎日が日曜日』状態になってしまい、（一応専門職なので）本業の仕事関係の勉強をしたりしながらのんびり過ごしています。せっかく時間があるので、漫画の有名作を読んだり、ミステリのオールタイム・ベストを上からつぶしていったり（権威主義者なんです）、『史上最高の映画１００本』にリストアップされている映画を順に見たり（Ｕ－ＮＥ〇Ｔは最高ですね！）……ということもしているのですが、ＷＥＢ小説でも同じことをやろうと思って「小説家になろう」発の有名作品１００作品を自分でリストアップしてみたら、思ったより読んでいなくてびっくりしました。しかもだいたい二時間で終わる映画などと違って、なかなか全部読むのは大変ですね。

最後になりましたが、二巻もクレアたちを素敵に描いていただいたさくらしおり様、ありがとうございました！　学生服＆半ズボンのフィルもすごく可愛く、新キャラのバシリオたちも魅力的にしていただき大変嬉しく思います。

また、今回も編集のＦ様には丁寧にご対応いただき深く感謝いたします。諸々ありがとうございました！　また、デザイン・校正等で関わっていただいた方々もありがとうございました。

そして、お読みいただいた皆様も誠にありがとうございます。コミカライズもよろしくお願いいたします。また、他にも「軽井広」の名前を見かけることがありましたら、ぜひ手にとっていただけると嬉しいです！

年表
Chronology

統一暦以前

トラキア帝国が、アレマニア・ファーレン共和国に敗れ、大陸の覇権国家の座を失い、弱小国家に転落する。

統一暦（教会暦）

1年 トラキア帝国の軍人クレオンが、大陸の辺境でトラキア帝国に対して反乱を起こす。

3年 クレオンが独自に皇帝を名乗り、ソレイユ帝国が小国として成立。

96年 ソレイユ帝国において賢帝ドラコンが即位する。
彼は魔法科学の力を利用して勢力を急拡大した。

103年 ソレイユ帝国がトラキア帝国を滅亡させる。

117年 ソレイユ帝国がアレマニア・ファーレン共和国を征服。大陸全土の統一を達成。

286年 帝国は繁栄しつつも、各地で反乱が起きる。聖女ソフィアが、未来を予測する階差機関【ディファレンス・エンジン】を作り上げ、帝国の滅亡を預言。アラン・リアレスが軍を辞め、ソフィアのもとに戻ってくる。以後ソフィアは、200年サイクルで七回のシナリオを設定し、恣意的に歴史を操作することで人類の破滅を回避しようとする（この計画は、ソフィア・ルートと呼ばれる）。

410年 異民族による帝都アポロニアの侵略と虐殺。

476年 ソレイユ帝国は滅亡。以後二百年、大陸には無数の小国ができて、魔法科学による戦乱の時代（暗黒時代）となり、文明の崩壊が進む。

696年 かつての帝都アポロニアにあるセントソフィア大図書館が戦乱で焼き払われ、多くの書物が失われる。魔法の衰退が決定的になり、以後、魔法が使われることはほとんどなくなる。

714年 戦乱の焼け跡から、カロリスタ王国が成立する。

801年 アレマニア専制公国が成立。

823年 トラキア共和国が成立。

1077年 神聖帝国を名乗る勢力が大陸統一を試み、大戦争を起こそうとするが、「黄昏の聖女」フローラによって阻止される（ソフィア・ルートの計画の一つ）。

1453年 アレマニア専制公国がカロリスタ王国に侵攻し、王都を占領する。このときの王都攻略戦で、初めて飛空艇と大砲が戦闘に投入される。

1474年 貴族シド・アストゥリアスがアレマニア軍を掃討し、王都を奪還。アストゥリアス朝カロリスタ王国が成立（アルフォンソたちの先祖）。その部下のレイ・リアレスがアレマニア専制公国との戦いで武勲を挙げ、初代リアレス公爵の地位を与えられる。

1571年 隣国のマグレブ連邦と戦争が起きるが、カロリスタ王国がイオニア海戦でマグレブ連邦に大勝したことで決着する。

1660年 アナスタシア・ヴェリーカヤ・ルーシ（アルフォンソの母）誕生。

1675年 アリス誕生。

1677年 クレア、アルフォンソ、シア誕生。

1678年 レオン誕生。ダミアン叔父が、天青石を獲得する儀式に挑み、成功するが従者の少女を失う。

1679年 フィル誕生。

1682年 バシリオ・エル・アストゥリアスが国家傭兵団に入る。

1687年 ルーシ大公国（アルフォンソの母・王妃アナスタシアの故国）が滅亡する。

1689年 クレアたちのやり直しの年（クレア12歳）。

1694年 カロリスタ王国において、国王が暗殺され、内戦が勃発する。同じ頃、クレアが処刑される（ソフィア・ルートの完成。物語の開始時点）。

巻末おまけ
コミカライズ第1話
冒頭試し読み

漫画：馬場彩玖
原作：軽井広
キャラクター原案：さくらしおり

クレア・ロス・レアリス…
今この瞬間をもって
貴様との婚約を破棄する！
この…夜の魔女め！
死にたくない

魔女の刻印…！
なんて禍々しい…
お前は魔女だ
夜の魔女
災いをもたらす存在
ああ…でも
私が死んでも誰も悲しまない
…ッ！フィル…助けて…私…姉でしょう…？
カッ

…魔女は死なないといけない
それに…
あなたを姉だと思ったことなんて
一度もありませんでしたよ

やり直し悪役令嬢は、幼い弟（天使）を溺愛します２

2021年8月1日　第1刷発行

著　者　**軽井広**

発行者　**本田武市**

発行所　**TOブックス**
〒150-0002
東京都渋谷区渋谷三丁目1番1号　PMO渋谷Ⅱ　11階
TEL 0120-933-772（営業フリーダイヤル）
FAX 050-3156-0508

印刷・製本　中央精版印刷株式会社

ISBN978-4-86699-277-8

Printed in Japan